ホンコン・お化け

香港鬼怪®
百物語

二

豚肉窩貼®

點子出版
IDEA PUBLICATION

注意

都市傳說、民間故事或怪談等往往是口耳相傳的故事，
通常難以獲得確鑿的證據或可靠的來源來證實其真實性。
這些故事可能含有虛構成分，因此在閱讀時，請自行判斷
其可信度。如果您感興趣，可以將其視為娛樂或文化的
一部分，並與身邊的朋友或家人分享。

作者

豚肉窩貼®

創作團隊豚肉窩貼是由 Nicky Sun 和 Cathy Lau 組合而成,以傳承香港文化為創作目標。Nicky 主要負責插圖和設計,Cathy 主要負責文字和資料蒐集。團隊的企劃主要以食玩貼紙為媒介,將香港文化記錄在俗稱餅貼的貼紙上。餅貼由 1980 年代開始風靡香港、日本,雖然在千禧年代熱潮稍為減退,現在重新流行,成為多代港人的童年回憶。因此,豚肉窩貼選擇以此媒介創作,希望引起大家對本地文化和童年回憶的共鳴,令這些貼紙能成為「窩」心的「貼」紙。

WATPLIMITED

ホンコン・お化け

香港鬼怪®
百物語
二

妖魔鬼怪，其誕生源於人類豐沛的想像力，寄宿於人們的恐懼之上。妖怪是複雜人心的隱喻，潛意識的呈現，反映人類對各種難以解釋的自然或未知之事的不安，或對當時社會狀況的設想。因此，妖怪文化盛載特定時間和空間的人文歷史面貌。想像力是無限，加上世界各地的文化差異，不同地方的妖怪文化也各異其趣。妖怪流傳於傳說之中，其神秘奇幻的存在而為人津津樂道，後來更成為各種文學、藝術及娛樂媒體的主題，將妖怪大眾化的滲透在人們的生活。然而隨著時代的變遷，妖怪陰森可怖的形象也逐漸被淡化，相反賦予它們可愛有趣的外表，甚至發展成不少人喜愛的卡通角色，例如《寵物小精靈》、吉卜力工作室動畫裡的不同角色等等。

香港作為華洋雜處之地，同樣擁有不乏具歷史底蘊且獨具一格的風俗鬼怪文化。經典的鬼魅奇譚多不聲數，積累著昔日數代港人的集體記憶。香港本地藝術團體豚肉窩貼受日本民間傳說「百鬼夜行」影響，創作《香港鬼怪百物語》，收集並紀錄多個遍佈港九新界的民間都市傳說與怪談。本書除了集結似是而非的鬼怪傳說，亦記載了當時相關的歷史資料，例如傳統民俗舞火龍、公共交通鐵路的管理、不同屋邨的發展與設計、日戰時期的民生情況、天災與地貌的背景等等，知識與趣味並重，從而喚起人們對歷史的重視與保育。藝術家透過繪畫創作與文字記錄，不僅將口耳相傳的鬼故傳說延續下去，也是從另一種歷史角度找尋及理解香港文化的脈絡。

節錄自香港藝術中心（動漫基地）主辦之
《香港鬼怪百物語》作品展介紹文章

推薦序

紀陶

電影編劇 / 劇評人 / 網絡電台主持人

年前收列《香港鬼怪百物語》，閱後即刻視之為奇書，至今依然手不釋卷。今年剛入三月就在石峽尾的街坊飛碟學的親子活動中邂逅窩貼妹妹，亦告知第二冊即將出版，還想找我作序呢。

我心裡哈哈笑的想找小弟作序並不困難，不過窩貼妹妹你開的百物語在第二冊加多三十個物語記錄檔，妳還欠讀者最少三十九個物語的尾期票要兌現呢。

《香港鬼怪百物語》第一冊已見到作者豚肉窩貼及作畫師 Nicky 的嘔心瀝血，首立的三十一條個案中，找到當地不少都是街坊的親歷證言，這種書寫存寄法可以令迷信世上冇靈性互動的讀者增廣見聞，亦

可以作為區域風物誌的保留。

第一冊已具備完善的初階入門書，現在第二冊記錄的三十案例，同樣是我們香港人可以唔信，但唔可以唔知的驚異案例。數起上來仍有近西環的林士車站及樂活道的西式猛鬼屋等經典案例，不知會否被窩貼妹妹選中作為百物語未來第三冊的記錄呢？

至於地區出現的鬼怪事件，我習慣用地區能量場 Power Spot 來作科學觀的探索，亦加上我們華人早有系統建立的玄學作為補充，以東方式的科玄並用來理解這類區域發生的奇異案例，為資料寄存。

香港以十八區來作地域劃分，也細心查出其實區區都有鬼靈精怪的傳聞，亦認為一區如有三個或以上的靈異案例出現時，便可以套入當區的風土及人情調查，藉此作為活化社區生活的一種功能。

故此窩貼妹妹及小弟 Nicky，我對此書珍而重之，亦笑笑口的立此為序。

Laurence Ching

YouTube Channel《清酒神秘學》主持人

能夠替香港鬼怪白物語第二集再寫序深感榮幸。

在這個繁華的都市中，流傳著許多令人毛骨悚然的傳說和恐怖故事。而其中，關於香港的都市傳說更是引人入勝。當夜幕低垂，迷霧籠罩整個城市，人們紛紛躲在家中，重溫着傳說中的奇幻故事。

但無論如何，這個都市傳說將繼續在夜晚中盤旋，提醒著我們香港這座城市的神秘和不可思議之處。它是這個城市文化的一部分，也是我們對於未知世界的好奇和敬畏的體現。

當迷霧籠罩香港的時候，你是否敢於踏出一步，迎接這個都市傳說帶來的恐怖與挑戰？只有在傳說與現實的交匯處，我們才能發現更多關於這座城市的真相。迷霧之夜，就讓我們一同踏上這場奇怪之旅吧。

ホンコン・お化け

香港鬼怪
百物語 ㊁

地圖目録

新

維

大嶼山

香港島圖鑑

香港島

中西區

全港最猛差館!!!
活生生的存在 居民心中

出現地點 📍	出現時間 🕐	
西環	40年代-千禧年	**七號差館**

西環

又名西角

WEST POINT

香港開埠初期，
中環是政治及經濟發展中心，
洋人主要眾居在於此，
華人則在上環及以西一帶生活，
包括西營盤、石塘咀和堅尼地城等地，
統稱西環。

華人當中以低下階層的獨身男子為主，他們大都離鄉別井，隻身來到香港打工賺錢。當時醫學落後，香港爆發了好幾場疫症，不少華人工人在港經歷生離死別，加上孤身一人在港打工，心靈脆弱，需要尋求宗教填補心靈，而死後亦有落葉歸根習俗，需要在家鄉下葬，因此上環以西有不少廟宇、義莊、義山、義塚和長生店等。除了心靈需求外，這班離鄉別井的工人亦尋求肉體需求。1904 年，港督彌敦希望加速西環一帶發展，將所有風月場所遷至石塘咀。由於中西文化交匯，加上有政府監管，當時有數百間妓院在風月區營業，更發展成華南地區最蓬勃的風月區，被稱為「塘西風月」。

鬼門關

1935 年政府立法禁娼，「塘西風月」消失，至香港日治時間曾經短暫復蘇。戰後，西環一帶發展緩慢，更曾經被當時街坊形容為「凍結了的時空」一般。直到 2014、2015 年，港鐵西港島線陸續通車，該地區的舊貌開始慢慢消失。

只許增不許減
四街坊鬼往警署報案

港英政府為配合西環發展，全港第七間警署落成於西環，稱為七號差館[1]。七號差館曾經經歷二次搬遷，於 1858 年落成，原址是在皇后大道西與薄扶林交界，到 1902 年遷往德輔道西的海員宿舍舊址，1952 年遷往旁邊新大樓，亦即現在的西區警署，舊七號差館則被拆卸及興建成西區警察宿舍。

七號差館 (即現今的西區警署) 被譽為全港最猛鬼的三間警署之一[2]，由於猛鬼傳聞膾炙人口，分別有電影[3] 及電視劇[4]均以《七號差館》命名，而電影《猛鬼差館》[5] 亦以七號差館為背景。

註

1 早期香港警署是以編號作名稱，編號是根據落成的次序
而定，全港島區總共有 9 間警署。分別為（右頁）：

一號差館・銅鑼灣

二號差館・灣仔

三號差館・皇后大道東

四號差館・金鐘

五號差館・中環

六號差館・山頂

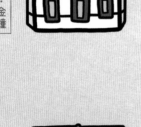

七號差館・西營盤

八號差館・西營盤半山

九號差館・堅道

最久遠的傳聞發生在 1953 年。西區舉辦盂蘭勝會歷史悠久，在經歷日治時期後，更為着重。1942 年 5 月 19 日，日軍以「歸鄉政策」為理由，押送一萬名市民於西環登上 19 艘船，上船後直接將他們鎖在船艙底。19 艘船由 1 艘小船拖行，開船不久後即遇颱風，船不勝負荷，日船立即斬纜，任由那 19 艘船自行飄浮，導致 14 艘沈沒、1 艘船頭爆裂，約 3000 人喪生，不少屍體連同部分生還者被沖上沙灘，由於缺乏救援，生還者最後亦因飢餓而死，沙灘上堆滿屍體。戰後，盂蘭勝會覆辦。由於日治時期慘痛事件，加上人們原本就認為西環是極陰之地[6]，所以西環市民的盂蘭勝會十分盛大，更獲得「港九各區街坊舉行盂蘭勝會之冠」的稱號。1953 年，由於社會環境比較貧乏，西環街坊雖然十分重視盂蘭盛會，奈何決定減少金銀衣包。後來，七號差館突然派警員接觸盂蘭勝會負責人四叔。原來曾經有 4 人到報案室，向當值警員表示盂蘭勝會的金銀衣紙只許增、不許減。警員起初並沒有理會，更打發他們離開，其後卻經常無

故摔跤，最後只好派人尋找四叔。四叔聽後追問 4 人外貌特徵，發現原來是被日軍炸死的 4 名街坊。為免發生其他意外，大家只好照 4 鬼吩咐，補足足夠紙紮溪錢。

註

2　另外兩間分別為油麻地警署和深水埗警署。

3　電影《七號差館》2001 年上映，導演邱禮濤，編劇雷雨揚、邱禮濤，主演許志安、張達明、李麗珍、雷雨揚。

4　電視劇《七號差館》2002 年海外推出，2011 年無綫電視翡翠台首播。主演包括薛家燕、吳啟華、張可頤等。

5　電影《猛鬼差館》1987 年上映，導演劉鎮偉，編劇王家衛、劉鎮偉，主演張學友、許冠英、樓南光、陳家齋。

6　由於上環以西有不少廟宇、義莊、義山、義塚和長生店，因此人們認為西環是接通生死之地。

屍體頭顱保齡球

出現地點 📍	出現時間	
西環	50年代	東邊街人頭保齡

極斜路段猛鬼街
舉辦盂蘭盛會的必要

西營盤有數條主要橫街，由海岸線方向數起，分別是德輔道西（俗稱電車路）、皇后大道西（俗稱大馬路）、第一街、第二街、第三街和高街。將這數條橫街連接起來的，有被街坊形容為之「長命斜」的東邊街和西邊街。它們是全港最斜路段之一，兩條街道均是單程線，向下行駛的東邊街最高斜度為 1:6，向上行駛的西邊街亦有 1:5。東邊街連接了佐治五世公園及高街，由於發生了數次大型交通意外及歷史事故，東邊街亦被冠上猛鬼之名。

西邊街　東邊街

在日治期間開始，不少戰俘在高街鬼屋被殺，及後棄置在佐治五世公園，而東邊街就在佐治五世公園旁邊，那一帶因而變得鬼氣森森，被認為猛鬼。老一輩的西環街坊經常告誡後輩不要接近東邊街，因為日軍當時曾興起一個玩意，把洋人戰俘的頭割去，並把頭顱像保齡球般由東邊街與高街交界，一直滾到大馬路，比賽誰的頭顱滾得較遠，這玩意亦令東邊街再添怨氣。此外，戰時物資貧乏，不少人餓死街頭，日軍每隔 2、3 日便需要清理路邊屍體，並以木頭車把他們運去佐治五世公園棄置，當時公園內掘了不少坑洞來埋葬屍體。不少老街坊更稱見過有一整隊軍人鬼魂，由佐治五世公園沿着東邊街向下步操，嚇得大家不敢在晚上接近佐治五世公園。在 60、70 年代，傳聞有對情侶在公園談心，有位馬姐突然出現，並問及一幢早已拆掉的舊樓位置。情侶回答舊樓早已不存在後，馬姐便突然在兩人眼前消失。在 80、90 年代，公園曾經一度熱鬧，傳聞曾經有班家長帶同小孩在公園玩耍，家長則在長椅休息。其間，某家長看見一個陌生小孩身影，背對著自己，向東邊街往下跑去。由於斜度關係，小童理應很快消失在視線，但是小童卻是像在平地跑步般，一直沒有消失。此事後，公園猛鬼傳聞再度迅速傳開，變得人跡稀少。

由於西環一帶自開埠以來聚集不少異鄉人，加上天災人禍，人們需要心靈慰藉，令當地市民十分著重盂蘭勝會。甚至在物資貧乏的日戰期間，盂蘭勝會亦從沒有中斷。全盛時間，西營盤差不多每條街都有舉辦盂蘭勝會[1]，東邊街的盂蘭勝會則是在戰後約 1946 年才開始舉行。傳聞創辦人曾經夢到被日軍殺死的亡魂報夢，希望能被拜祭，因而開始在東邊街舉行盂蘭勝會。1951 年東邊街的盂蘭勝會據說發生靈異事件，那年盂蘭勝會中的某晚，從德善堂的劉啟堅師傅在場內經棚睡覺，卻突然被棚外人聲吵聲，他揭開帳幕，向會場內望去，驚見黑壓壓的人形在會場內出現，那些人形全都看不見其容貌。 1953 年東邊街盂蘭勝會發生七號差館靈異事件。最後還有 2 次年份不詳的「鬼上身」事故：第 1 件是某年盂蘭勝會尚未完結，法會卻提前在晚上 10:30，把理應凌晨才能做的送走鬼神化寶儀式化了，因而激怒了鬼神。場內一位便衣探員即時「鬼上身」，拔出配槍大鬧會場，最後由一位法師取下會場神壇上所掛著的「天地父母」紅布條來施術，才能成功將那鬼神驅離探員。第 2 件發生在近數年，當時盂蘭儀式正在進行中，有位義工突然「餓鬼上身」，把香枝一紮紮的往嘴裏塞，最後需要出動法師進行驅鬼。

註

1　現在已全部停辦，東邊街的盂蘭勝會亦於 2014 年結束。

醫生得罪鬼魂
巧恰的不思議交通意外

其實東邊街除了出名猛鬼外，大型交通意外及危樓倒塌事故亦由 50 年代開始變得多，當中最為靈異的是 1984 年那宗交通意外。8 月 24 日盂蘭勝會剛完結，一輛戴滿由戲棚拆下的竹枝貨車，突然前衝落滑，由東邊街下滑至第一街，其間壓著一架寶馬私家車，一同撞向第一街街角商店始停下。貨車著火焚燒，車上的竹枝散落馬路。貨車司機與私家車司機當場被燒死，女途人喪命。傳聞在事發前，有兩人途經佐治五世公園門口，其中一人突然跌倒，另一有「陰陽眼」的人看見他其實是被沒有下半身的靈體推倒，而這靈體在推倒他後，便直衝往貨車，與另外二名靈體在車頭徘徊，促使這宗交通事故發生。3 名靈體分別是兩男一女，巧合地與死者性別相符。

由於死者中的私家車司機是贊育醫院的醫生，多年來一直投訴東邊街盂蘭勝會的誦經聲及場內焚燒香燭冥鏹的氣味會影響病人休息，所以他的死被居民認為是得罪了附近鬼魂所

致。他死後，傳聞晚上經常有一位醫生在附近出現，並不停拍門說：「好熱！好熱！」。另外一位死者是路邊生果檔檔主，頭部因為疾病緣故，經常輕微搖動，死後街坊不禁慨嘆「人搖福薄、樹搖葉落」。更有居民聲稱在深夜時分，看見一個搖頭的身影在附近徘徊，讓人不寒而慄。這些靈異傳聞使得當地居民在夜晚時分更加小心翼翼，不敢靠近出事地點。

高街

高街鬼屋 大解密!!!

出現地點 📍	出現時間	高街鬼屋
西環	70-90年代	

都市傳聞 一

恐怖的精神病院
無病婦女也會被關進去

現今的西營盤社區綜合大樓在 70 至 90 年代曾經是香港最有名的猛鬼地，大眾習慣稱呼該大樓為「高街鬼屋」，普遍程度甚至在乘搭小巴、的士，客人會叫「高街鬼屋有落」。

該大樓在 1892 年落成，以巴洛克風格建築，樓高三層，初時是醫院外籍護士宿舍，直到 1939 年改作女子精神病院，亦有傳曾經改作為痲瘋病院。由於高街位置與「塘西風月」相近，傳聞當中不少女性是被無辜關中精神病院內。當時有不少樣貌娟好的良家婦女，被霸道有錢大官看上，她們不願意委身，更不願意賣身作娼。大官們為了令她們就範，便用各種理由，訛稱該女子有精神病，令她們被關進高街精神病院。由於長期關閉，生不如死，這些原本正常的女子慢慢出現精神問題，甚至有撞頭上牆及自殺的事故發生。

日戰期間，有傳大樓被用作日軍憲兵部，以審訊迫供、執行刑罰，大量戰俘被殺，不少婦女在大樓內被強姦。位於大樓對面的佐治五世公園，則傳聞是一個亂葬崗，主要用來棄置大樓內被殺戰俘。戰後，該大樓被重新用作精神病院至1971 年，其間不斷傳出有鬼。

1971 年至 2001 年，高街鬼屋一度空置，傳聞越傳越盛。不少附近居民聽到內裏傳出女性唱歌、喊聲、慘叫聲等鬼叫聲，更有人聽到撞擊聲，認為是靈體重複生前以頭撞牆的聲音。除此以外，亦有人說屋內鬼影幢幢，深夜時分會有無頭鬼在走廊出沒、看見上吊靈體及麻瘋病鬼等。而整棟大樓傳聞陰氣最重的地方，便是曾經是停屍間的地庫。空置期間，鬼屋內曾經發生兩場大火，傳聞是由於鬼屋二樓，有一個穿著唐裝衫的著火鬼魂所引致。官方相信，起火原因其實是有吸毒人士在內點火吸食海洛英引起。經歷大火後，高街鬼屋被燒去大部分結構，內部殘破不堪，部份屋頂塌下。

死街——不吉利名字
目睹奇怪老伯突然消失

高街鬼屋曾多次借出作為拍攝電影場地，不少演藝界人士曾經在大樓內遇上靈異事件，在 1992 年紀錄片《大迷信》[1]中，更形容高街鬼屋為「生人的禁地、死人的樂園」。另外，在 2004 年上映的電影《江湖》[2]，傳聞在高街鬼屋內拍攝其間，導演及工作人員親眼目睹同一位演員在兩個地方同時出現，還有一位奇怪老伯出現後又突然消失。

高街鬼屋

有風水師認為高街位於「香港龍脈最陰處」，所以靈異事件不斷，屈地站亦因此要放棄建造[3]。老一輩街坊則認為高街原名「第四街」，亦即「死街」，是一個不吉利的地方。

1998 年大樓重建，2001 年重開。原大樓只有花崗石外牆及二樓 L 形回廊被保留，所有靈異事件在西營盤社區綜合大樓落成後便消失得無影無蹤。

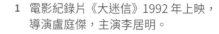

1　電影紀錄片《大迷信》1992 年上映，
　導演盧庭傑，主演李居明。

2　電影《江湖》2004 年上映，導演黃
　精甫，編劇杜緻朗，主演劉德華、張
　學友、余文樂、陳冠希等。

3　詳情請參閱《香港鬼怪百物語◇》
　內容「#17 屈地站、西營盤站」。

狂歡元旦夜意外!!!

出現地點 📍	出現時間 🕐	
蘭桂坊	1993年	人踩人海報

蘭桂坊

LAN KWAI FONG

位於中環的蘭桂坊是香港最有名的酒吧街，

原街道程 L 型，長約 110 米，

但是大眾會將德己立街，

同樣理解作蘭桂坊一部份。

蘭桂坊前身只是一條後巷，

普遍認為蘭桂坊一名是來自「爛鬼坊」這個俗稱，

因為不雅而被正名成「蘭桂坊」。

◆◆◆◆◆◆◆

但有學者指出，「蘭桂坊」一名是取自李姓商人，因為在尚未命名的巷道買下多幢物業，而取得命名權，最後以「蘭桂騰芳」為喻意定名「蘭桂坊」。蘭桂坊在 70 年代末開始慢慢發展成一條酒吧街，先有名為「Disco Disco」的士高開設，其後商人盛智文再在該地開設餐廳，發展多元化商廈等，令蘭桂坊發展成現在規模，而盛智文亦因此被稱為「蘭桂坊之父」。

◆◆◆◆◆◆◆

藝街相展早已預告
攝影海報上恰巧的 21 人

由於蘭桂坊的名氣與日俱增，節日其間亦有大型慶祝活動，不少人亦會慕名而來。1992 年 12 月 31 日，大約有 20,000 名市民到達蘭桂坊參加除夕倒數活動，當中包括遊客、未成年人士等。當晚氣氛十分熱烈，不少人由酒吧走到街上倒數。受到節日氣氛及酒精影響，部份人士開始在街上灑噴啤酒、彩紙、雪花噴霧等。由於當時通宵交通不完善，大批市民在倒數完畢後趕及離開，而蘭桂坊位於斜路上，加上當時開始有人在酒吧上層掉空酒樽到街上，街上開始變得混亂，進而發生人踩人事件，倒下來的人被疊至 5 層高，人堆內最少有 150 至 200 人，釀成 21 人死 63 人傷。事發當時由於太混亂，並沒有記錄確實案發時間，估計事件發生在 00:01 至 00:08 分之間，但是救護車卻早在 00:01 便已到達，傳言是有死亡使者提早作出了預告報案，亦有人認為當晚是大型「搵替身」日子。

除了報案電話提早預告外，由於蘭桂坊當時正舉行攝影展覽，所以在德己立街上空懸掛了多幅大型藝術攝影海報，其中一幅名為《Stun》的作品同樣被稱為死亡預告。《Stun》是一幅以合桃雕刻為主題的照片，合桃上雕了 21 人的眾生相。由於 Stun 倒轉讀便是 Nuts，Nuts 除了解作合桃，亦是俚語，意思是驚恐、震慄、瘋狂的意思，與人踩人事件中大家的負面情緒不謀而合，加上死亡人數同樣是 21 人，人疊人的意外亦彷彿與作品把人頭刻在一起相似，因而有人相信是作品吸引了 21 個鬼魂來索命。除了這幅作品外，還有數幅作品亦引來不少聯想，包括一幅以古建築為主題，名為《Red Brick One》的作品，令人聯想成墳墓。另一幅名為《Pond Lily》的作品以花為題，位置正正是置於古堡前，令人聯想為墳前獻花。還有一幅是一把古梳，聯同另外兩幅作品，就變為陪葬品了。最後一幅以鐘為主題，亦被大家穿鑿附會為「送鐘（送終）」的意思。

都市傳聞 二

離奇事不斷發生
鬼上身告別最後親人

由於 21 這個數字在這場意外中出現數次，因此流傳出另一個傳聞：蘭桂坊在香港開埠初期，曾經是一個叫「爛鬼坊」的紅燈區。區內有一所高級妓寨是由鴇母趙亞葵開設，專門服務西方名人富商。醫學落後加上性病流行，趙鴇母殺害了大量感染性病而被醫生定為無藥可醫的妓女。她把屍體棄置在附近，大部份死者不能證實身份，只有 21 名死者能查證身份。這 21 名死者死後一直在蘭桂坊徘徊，所以製造了這場意外來尋找替身。

意外發生後，坊間還流傳出有人被「鬼上身」的故事。意外當晚有對年輕情侶同樣出席了蘭桂坊倒數活動，但是由於遠離案發地點，他們並沒有被意外波及。在離開蘭桂坊途中，少女突然情緒激動，並要求立即乘搭的士前往一個地方，少男百思不得其解，又未能安慰女友情緒，只能照著女友要求，一同前往某地點。途中少女一直大哭，對於男友的提問

一直忽略。到達目的地後，少女急不及待地衝上大廈的某單位按門鐘，應門的是一位中年女士。女士與這對情侶互不認識，但是大哭的少女看到中年女士後，便撲上前去緊緊的抱住她，並說：「媽！」然後在中年女士耳邊細細聲說了自己在蘭桂坊已被人踩死，並且是壓著最底下一個。由於當時少女只是對中年婦人耳語，少男並不清楚他們的談話內容。少女說罷便暈倒了，與此同時屋內電視響起新聞報道內容，正是蘭桂坊人踩人事件。中年女士看到新聞報道後，亦同時暈倒。兩人在醫院醒來後，少女完全忘記剛才發生的事，而中年婦人則被護士告之女兒死訊，屍體在意外造成的人堆中最底層發現。婦人最後將事件來龍去脈告訴少男，少男才知道女友被「鬼上身」。

這個「鬼上身」傳聞有另一個相似版本：在意外發生時，啟德機場有對年輕夫婦正準備前往加拿大。幾乎入閘之際，少婦突然失常大哭，並跑到電話亭打電話，電話接通後，便不停對著對方說對不起，自己已在蘭桂坊死去，是被踩死的，她更喚對方為媽媽。丈夫看到後，以為太太行為失常，嘗試制止不果，只能搶去電話聽聽她致電何人。對方是一個陌生女士，她亦對這個電話感到莫名其妙，但是聽完少婦的說

話，突然心頭一緊，記起自己女兒曾經說要去蘭桂坊慶祝，她立即扭開電視，當時正在報道蘭桂坊人踩人意外的特別新聞。就在這時，少婦突發性心臟病暈到，送往醫院後證實死亡。其丈夫因為不能接受她的往生，最後亦自殺身亡。

意外發生多年後，流出一個新的傳聞，指當年有份報導或處理這宗事故的人士，均會離奇死亡，包括：中區警局指揮官張之琛在多年後跳樓身亡；新聞報道員鄧景輝在多年後跳樓身亡；新聞主播盧瑞盛及李汶靜亦在多年後病死。

經歷蘭桂坊人踩人慘劇後，政府作出多番檢討，更定下人潮管制措施，以免同類事件再度發生。地下鐵路亦改為每逢節日均會通宵行駛，避免市民再度為了追趕尾班車，而發生意外。組合軟硬天師歌曲《最後今天》則為此意外的傳聞作出直接抨擊：

可能幅畫邪個個亂講嘢

為乜要八卦多咀

各判各有罪點解推推推

無咗二十一人有遊魂有鬼神

愛傳聞愛歪聞講到似層層

哞原因疑幻疑真

人云亦云系乜嘢人

樂極變生悲聖地變禁地

兵房改建美利樓!!

出現地點 📍	出現時間 🕐	
金鐘	60-80年代	**美利樓**

美利樓

MURRAY HOUSE

美利樓建造於 1843 年，
原本是美利兵房 (Murray Barracks)[1]
內的駐港英軍軍營 (Officers' Mess)。
二戰期間，大樓被用作日本皇軍憲兵總部，
內裏有刑場和囚犯室。

1958 戰後至 1958 年，大樓被重新用作英軍軍營。

1962 大樓移交政府管理並原定拆毀大樓，但在 1963 年卻改用作差餉物業估價署總部辦公室。

1982 該地地皮以 1.2 億元賣予中銀香港，大樓被拆卸。政府決定保留美利樓建築，在拆卸期間為每件石頭寫上編號及紀錄，為遷至他處作準備[2]，大樓總共約 3000 件組件被儲存在大潭水塘附近的政府倉庫[3]。

1990 美利樓計劃在赤柱重置。

1998 重置完成,由於部分組件在拆卸及儲存時遺失,加上大部分木結構損毀或有蟻蟲侵蝕,赤柱美利樓只有約95% 是使用原建築組件,屋頂部份結構使用當時正在拆毀、同時期建築高街精神病院的組件來完成,當中包括 8 個通風用煙囪。而大樓外的旗桿,則來自二戰時期英國皇家海軍的添馬艦海軍基地。雖然美利樓是香港現存同類建築中歷史最悠久的一座,但是由於赤柱美利樓與原貌並不相同,建築物料有所改動,加上地區價值亦已改變,原本所獲的一級歷史建築評級被降至不予評級。

註

1 又名瑪利兵房,或金鐘兵房 (Admiralty Barracks)。

2 當時政府並沒有確定目的地作遷往之用,甚至被大眾認為只是緩兵之計,政府並沒有真實考慮重建。而有傳駐港英軍則希望保留美利樓,並在赤柱重建。

3 有傳實則山邊荒地,並非正規倉庫。

從鬧鬼到平靜
美利樓鬧鬼事件與傳聞

由於二戰期間，美利樓曾被用作日本皇軍憲兵總部，據稱當時在內被殺人數多達 4,000 人，當中不包括日軍投降後，因為武士精神而自殺的日軍軍人，大樓因此被形容為醫院外死人最多的建築物。遷往赤柱的美利樓內的牆身依然能夠發現當時殺人時留下的子彈洞。

大樓其實在 60 年代後，英兵再度使用時，便已開始鬧鬼。曾有一名叫湯馬士的駐守英兵表示自己與同伴巡邏期間，經常聽到令人毛骨悚然的慘叫聲，嚇得他們只好關上房門，抱頭就睡。由於當時美利樓隸屬英軍，所以猛鬼事件沒有外流。鬼故事開始瘋傳，是發生在 1962 年，港英政府原本打算拆毀大樓，但是拆卸期間意外頻頻發生，不但有人無故倒地受傷，更有工人聲稱鬼影幢幢，因而盛傳鬧鬼。港府只好取消拆卸念頭，改為修繕大樓作差餉物業估價署總部辦公室。

物業估價署內各部門共有 200 多名中西男女職員，在 1963 年 4 月下旬遷入新址後，半個月內頻頻發生怪事。據說，鬼魂出現的地點是中區到半山區或東區的每日必經之路，原本的拘留所及兵房內也經常見鬼。職員們無故失神「休息」，不少人聲稱見到一個剪著陸軍裝頭、身穿黑衣的中等身材男鬼魂。除了這男鬼，不少職員在樓梯間看到另一個浮在半空的鬼魂，有些人甚至見過一整隊日本兵在面前行進。

大家認為最猛鬼的地方是西邊地下那層，那裡經常傳出鬼聲，每逢天陰雨天或夜晚更為嚴重，當時不少夜宿的職員均曾聽到這些聲音，感到十分驚懼。由於大樓晚上沒有燈光，陰風陣陣，怪聲四起，夜宿職員巡邏時只好提心吊膽，以免撞鬼。

估價署內還有一個晒圖房也有諸多事故發生。有晒圖人員在內工作時，突然滿手是墨，有好幾次晒好的圖紙上多了幾道橫紋甚至花紋，還會出現離奇掌印。而且機械常常無故失靈，檢查後卻發現所有機件正常。晒圖房內有一道布簾，工作時需要拉起，曾有晒圖員嘗試拉起時，發現有力量與他抗衡，阻止他拉起布簾。

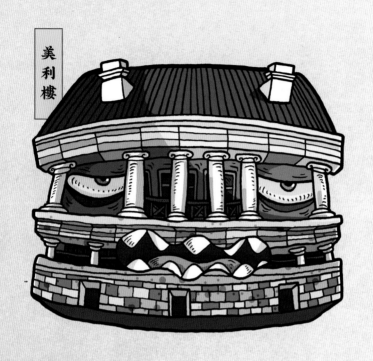

美利樓

以上事件雖然多發生在天陰、夜晚及室內陰暗地方，但大樓白天也會鬧鬼。曾有職員稱他習慣早上 8:30 便回到辦公室，由於比上班時間早，只有他一人在。但他屢次發現後院傳來令人膽寒的怪聲，其他同事也表示聽過這陰陽怪氣的笑聲，認為聲音主人是一位老坑[1]。自此，他只好在門外等候其他同事，一同進入辦公室。

由維修工人到署內人員，皆表示大樓有鬼出沒。他們因此向上級請示，希望能效法三年前快活谷馬場因鬧鬼所舉辦的三

日四夜超薦法會。起初，西人上級並不相信鬧鬼傳聞，直到時任署長成嘉士[2] 在加班工作時，親眼目睹無頭鬼魂在走廊出現，才毅然向政府報奏，要求撥款處理事件。西人上級原本不相信佛教，一開始聘請了牧師、神父等來處理，但未見成效。最後，他們決定根據馬會在 1960 年的做法，與佛教聯會聯絡，邀請了 50 多名高僧法師到場，舉行了一場一日一夜的超薦法會。當日，一眾西人上級亦有到壇前上香。這是港府首次公開承認並動用公帑去處理的鬧鬼事件。法事吸引了數百名市民及「講故佬」圍觀，眾人在大樓外你一言我一語，以訛傳訛，一時說這裡有鬼，一時說那裡有鬼。

法會期間，一位名叫法志師傅表示曾經兩度見到了靈體。當時她與其他人在大樓外，看見二樓右面第一個窗前出現了一道藍光，由於眾人太嘈雜，藍光一閃即逝。當晚 11:05，藍光在三樓左面第三個窗再度出現，法志師傅表示看到這道藍光其實是一個梳了陸軍裝、穿黑衣的男子鬼魂，與大樓職員所說不謀而合。她更表示靈體出現期間，聽到了馬蹄聲。在場更有年長人士即時證實，原來在日治期間，日軍曾經在兵房設有馬房，飼養馬匹。最後，藍光閃動了三分鐘後便消失，同時法志師傅雙手合十，為這位靈體唸了《慈愛經》。

法事完結後，美利樓變得較為平靜，再沒有猖狂的鬧鬼事件，但仍會發生一些小怪事，如房門被「不明力量」打開或關上，無人使用的打字機突然發出「卡嗒」聲以及偶爾看到鬼怪等。美利樓的鬼屋之名已傳遍香港，不少人乘搭電車、巴士經過時，會感到心驚膽跳。在內工作的員工更是絕少加班，每晚六時便準時離開大樓。

1982 年美利樓遷拆，私人承辦商為了遷拆工程順利，在工程開始前再度進行了一場打齋儀式來超渡亡魂，傳聞當日除了佛教儀式外，尚有邀請其他宗教進行儀式，包括天主教、基督教、佛教、道教、回教等，場面壯觀。最後工程順利完成，美利樓所有組件被存放在大潭水塘附近政府倉庫，直到 1998 年才在赤柱重建，歷時十多年才重現美利樓。傳聞因為大樓陰氣太重，需要時間給陽光暴曬組件，去除陰氣，就是這個原來因，在 1990 年早已落實好重置地點，但也要在 1998 年才能完工。

美利樓重置在赤柱後，傳聞依然猛鬼，有人說在半夜時分，看見很多黑影由大樓屋頂跳下；亦有內裏餐廳員工表示，每晚關門準備收舖時，都會突然聽到背後傳來一把聲音說：

「我訂咗檯，四位唔該！」。大家認為有部份鬼魂隨著舊美利樓，一同搬到赤柱。至於赤柱的地點，亦有傳聞說附近五間廟形成一個風水陣，用以鎖著美利樓的怨魂。

舊美利樓原址，現已改成中銀大廈。有傳在建造期間，地盤已經開始鬧鬼。建成後，不少保安亦曾聽到或見到這些「老居民」出沒。

1 在 60 年代的報紙是以「老坑」一詞形容，「老坑」為舊香港常用語，形容年紀老邁的人，通常形容男性。在 80 年代，「老坑」一詞開始帶有貶義。

2 由於美利樓與美利大廈大量傳聞經過時間洗禮後互亂，同樣傳聞亦有傳主角是時任運輸署長惠柳新。

跑馬地

快活谷
巨石與馬場!!!

出現地點 📍	出現時間 🕐	
跑馬地	1843年	**大石鼓**

跑馬地

又名快活谷

HAPPY VALLEY

有祖輩喜歡稱作愉園，古稱為黃泥涌或黃泥涌谷。
毗鄰銅鑼灣與灣仔，地處山谷中，
因此附近一帶某些地方名稱中帶有「谷」字。

◆◆◆◆◆◆◆

古時黃泥涌峽有一溪澗流入谷中，直湧至維多利亞港，溪水量大而泥黃色，因而得「黃泥涌」一名。與現今認知的「黃泥涌」地理位置上略為不同，現在的「黃泥涌」實指黃泥涌峽，而黃泥涌谷已普遍喚作跑馬地。

香港開埠前，黃泥涌谷是一片沼澤地，並有一條名為「黃泥涌村」的村落，是香港最早期的村落之一[1]。香港開埠初期，英國人便把這片沼澤填平，建立英軍軍營。1843 年，香港爆發名為 Hong Kong Fever(香港熱) 的疫症，亦即瘧疾。第一波的疫情發生在 5 至 7 月，爆發地便是黃泥涌谷，8 月開始在香港擴散，11 月終於疫情退卻。最終在港英軍失去 24% 人員性命，其中駐守在西環的第 55 步兵團，更死去 526 名士兵中

◆◆◆◆◆◆◆

的 242 名。當時專家認為疫症的發生,是由於天氣炎熱、蚊蟲滋生,加上**空氣不流通所致**[2]。而黃泥涌谷成為疫情爆發點,是由於英軍匆忙填平沼澤,水利建造不完善,污水積聚,稻田和植物因而散發瘴氣,適合瘧蚊繁殖。加上位於山谷,風被山脈阻隔,病菌因而積聚在空氣中。當時軍營中死亡人數眾多,英軍只好在附近埋葬屍體,使黃泥涌谷形成一個墳場區域,英國人便稱當地為「Happy Valley」,中文譯名「快活谷」。1845 年,全港首座公眾殖民地墳場── 紅毛墳場(又稱基督教墳場,即現今香港墳場)在此啟用,早期主要埋葬英軍、洋人等。

90 年代,小學教科書對於「快活谷」名稱的由來,解讀成因為該區設有馬場,是大眾消遣的地方,所以是「快活」的「山谷」。事實上,「Happy Valley」這個名字的由來,有很多不同的說法。其中一個說法是因為很多國家(包括英國)會為軍人墳場取名作「Happy Valley」,而當時黃泥涌谷埋葬了很多因瘧疾而去世的軍人,所以英國人便稱這地方為「Happy Valley」。另一種說法是因為這地爆發疫症,死者甚多,人們對這個地方充滿恐懼,希望能以名字減輕大家

對黃泥涌谷的死亡印象。還有一種說法是和藍塘道有關,當時藍塘道尾長滿了野生大麻,村民自行曬乾及吸食,其後發現心情變得快活。自此以後,人們便稱這個地方做「Happy Valley」快活谷了。再來一種說法是英國文化使成,英國人對於人死去會到達的地方,稱作「Happy Valley」,亦即華文文化「極樂」的意思。

經歷這個死亡疫症後,英軍便搬離快活谷,政府重新整理及清潔附近環境衛生。大量英兵在港死亡,英國人對香港退避三分,當時英國甚至有句諺語「why don't you go to Hong Kong」來咒罵別人去死。由於英國人熱愛馬術運動,政府為了安慰在港的英國人,於 1845 年黃泥涌谷原軍營位置興建了一道鵝蛋形的賽馬跑道,1846 年以業餘形式進行首次賽事。1884 年成立香港賽馬會,管理馬匹平地賽事,更在跑道旁邊興建看台。

1971 年以前,所有賽事均以業餘形式進行,由熱愛騎術運動的愛好者作為騎師參加比賽。日佔期間,因為缺乏比賽用馬匹,需要混合工作馬匹來作比賽用途。1944 年末,馬

匹嚴重短缺，甚至以綱線掛起木馬並滑下，來代替馬匹賽事。1945 至 1947 年間，由於戰事完結，便以軍馬來進行賽事。1971 年由於英女皇伊利沙白二世御准，香港賽馬活動轉化成職業，不但聘請外地專業騎師，更有系統地培訓本地騎師。1942 至 1945 年日佔期間，「香港賽馬會」被易名為「香港競馬會」。1959 至 1997 年，英女皇授予「香港賽馬會」皇家稱號，並改名為「英皇御准香港賽馬會」。

20 世紀初，商人林景洲先生於黃泥涌道建立一座私人別墅連花園，並經常招待朋友到其花園遊玩進行雅集活動，其後大量文人雅士更慕名而來，而園主因性格好客，來者不拒，最後索性以收費形式開花園[3]，成為全港首個遊樂場。當時香港蚊患嚴重，園內為了驅趕蚊蟲，大量種植了樟樹，因而取名為樟園。其後，另一商人認為遊樂場有利可圖，在旁邊依樣畫葫蘆，興建了一座面積比樟園大數倍的人工園林公眾遊樂場。樟園及愉園相繼於快活谷落成，並成為一個非常

熱門的遊玩景點。1904 年電車通車，並設有跑馬場 (Race Course) 站[4]。1913 年跑馬地線延長，總站便是愉園站，大眾因而慣稱愉園代表整個地區。1918 年馬場大火，嚴重影響樟園和愉園生意，因此電車公司於 1918 年和 1919 年增設愉園專線，希望能增加吸引力。1922 年樟園、愉園相繼結業，原址被改建成養和醫院。愉園電車站在遊樂園結業後，仍然維持了一段短時間的運作。

註

1　1841 年，英國為香港進行了首次人口統計，全港居民有 7450 人，主要分布在 20 條村落，黃泥涌村便是其中一條，人口 300。

2　當時西方醫學並沒有細菌理論，所以在疫情發生時，大家並不能確定病因。疫症完結後，專家只能推測出空氣流通與否這個原因，但是並未能夠理解背後原因是因為病菌積聚。

3　亦有傳聞指林商人曾請堪輿師為別墅看風水，卻被指出該別墅因為毗鄰墳地而煞氣大，不適宜居住，取而代之是建議林商人開放部分範圍給市民遊玩。

4　由 1904 年至 1909 年使用的電車票，是以「跑馬場」為中文站名，自 1910 年開始，已變成「跑馬地」，而英文則沒有變動，使用 Race Course。直至 1946 年日佔戰後，電車票上的英文名字改成 Happy Valley，中文則沿用跑馬地。

都市傳聞 一

大石鼓

1843 年「香港熱」(Hong Kong Fever) 於黃泥涌谷爆發，由於當時並沒有細菌學，政府在疫症爆發後，邀請專家來港進行研究，最後認為這場瘧疾是由於空氣不流通引致，黃泥涌谷軍營最後搬離，並改建賽馬跑道。這塊由沼澤填平而成的土地，廣闊而平坦，符合賽馬跑道的需求，美中不足是當中一塊名叫「大石鼓」的巨石。傳聞在興建賽馬跑道期間，工人們一度嘗試移走這塊巨石卻事與願違。無論以任何方法，這塊石頭不但紋絲不動，更有血紅色的水由石中滲出，相關的工人其後更相繼發生意外及重病。人們開始相信這塊巨石有怪神之力，不能移動，最後只好原地保留。

都市傳聞 二

黃泥涌谷的巨石神話
香港賽馬場的神秘地標

馬場建成後，大石鼓變成馬場一大地標。大石體積十分龐大，約有 6 至 8 米高，石面十分平坦，能夠容納大約 30 至 40 人坐在上面[1]。加上大石旁邊有數棵大樹，地勢亦較高，遠看猶如一個小山丘。

它位於馬場中場，**終點直路前的彎位**[2]，亦即現今距離終點前 800 至 600 米標牌中間，聖保祿學校對開。由於早期進入馬場被視為一項高尚的社交活動，各界中西名流亦喜歡參與。而馬場中場區域則免費開放給所有市民，使得普通市民也能有機會觀賞賽事。當時馬場內沒有其他建築物阻擋視線，基層觀眾可以在大石鼓一覽無遺地觀看賽事，享受這項免費及高尚娛樂活動。

註

1　由於馬場發展，現今的大石鼓只保留了部分，體積大不如前。

2　現在馬迷稱這個彎位為養和院彎或啤酒園彎。

在賽馬期間，一般平民都喜歡登上大石鼓免費觀看賽事。由於大石鼓位於馬匹開始發力爭奪最佳位置的關鍵路段[3]，不少攝影愛好者喜歡在大石鼓拍攝賽馬，甚至多次傳出拍到鬼相云云。除了靈異事件外，大石鼓亦變成了老一輩馬迷的諺語，他們會以「過了大石鼓」來形容事件進入關鍵時刻，高下立分的階段。此外，亦有傳聞香港賽馬會曾經為了大石鼓而詢問風水師的意見，最後風水師認為大石鼓保留比移開，更有利賽馬會的發展。因此，有個說法是認為大石鼓是一塊靈石，能夠興旺香港賽馬會。

註

3　以騎司師馬克為例：他喜歡在「上」大石鼓時便立即開鞭，「落大石」鼓便會猛催而前，一直保持遙遙領先直到終點。

重建異象 噴血榕樹!!!

出現地點 📍	出現時間 🕐	
跑馬地	1992年	**噴血大榕樹**

都市傳聞 一

馬場的重建工程
榕樹噴出血液似的液體

除了不能移動的大石鼓外，類似傳聞在 90 年代再度傳出。1992 年跑馬地馬場重建，原本需要把位於體育路的兩棵百年榕樹砍掉，但當工人動工，使用電鋸打算把榕樹鋸斷的時候，樹身卻噴出血液一般的液體，濺在工人臉上，工人大驚，工程立即停止。相傳榕樹十分聚陰，容易吸引靈體，加上賽馬賭博是一門偏門生意，香港賽馬會因而十分重視這宗怪異事件。榕樹的位置嚴重影響重建項目，所以不能像大石鼓般原地保留。但是斬去樹木，亦恐防會有靈體作怪。最後，香港賽馬會只好用兩年半的時間，把樹根切斷，再用鋼板製造臨時花盆，把這兩顆老榕樹遷移 70 米至黃泥涌道禮頓山正門對面，繼續種植。

預見悲劇與幸運逃生
馬場大火

出現地點 📍	出現時間 🕐	
跑馬地	1918年	人頭香

爺孫逃過一劫
1918 快活谷馬場大火

早期的香港賽馬活動是業餘性質，缺乏系統，並沒有職業騎師[1]、管理制度及馬匹護理指標等等。隨著時代變遷，這個活動逐漸變得成熟。1891 年，賽馬成為博彩活動，香港賽馬會開始接受投注。當時的馬場並沒有固定看台，只有簡陋的臨時「馬棚」供人觀看賽事。而馬匹平地賽事則每年舉行一次，稱為「周年大賽」，為期 3 至 5 日，通常在農曆新年前後舉行，這是當時一項極為盛大的活動。雖然進入馬場是一項高尚活動，但中場是免費開放的，加上馬棚下有不少小販攤檔在「周年大賽」期間售賣小食。因此，不論年齡大小的朋友，大家也會喜歡到馬場遊玩。

1918 年 2 月 26 日（戊午馬年的正月十六日），快活谷馬場發生了一宗香港史上最嚴重的火災，死亡人數多達 600 多人。當日正值「周年大賽」第二日賽事，由於年宵節剛過，又適逢一年一度的大賽，所以有多達 4,500 人進入馬場。當時英國人與華人在馬場內是分開的，英國人使用的是由三合

土建成的固定看台，而華人使用的則是臨時馬棚。馬場內有多達近 20 座彼此相連的臨時馬棚，它們環繞着跑道，每個棚有兩層高，骨幹以木和竹搭建，屋頂則以葵葉製成的草蓆覆蓋。

馬棚下是一些售賣熟食的小販攤，不僅有明火煮食，更有大油鍋來煎炸小食。由於當時並沒有入場人數限制，安全意識也比較薄弱。大約下午 3:00，賽事進行到第 5 場時，9 號馬棚不勝負荷，突然發出巨響並倒塌，連帶影響 8 至 15 號馬棚。期間不少煮食用具被壓翻，燃起多處火頭，加上當日風勢猛烈，易燃的馬棚迅速引發大火。不少人在倒塌時即時被壓死，或跌在油鍋上，無法逃生而活活被燒死的也為數不少。大火只燒了大約 20 分鐘，便有多達 600 人以上死亡，而屍體已被嚴重燒焦，殘缺不全，難以分辨。

有一個傳聞是發生在火災前。當時「周年大賽」是一個全港矚目的盛大活動，不少市民會扶老攜幼前往。故事發生在一對爺孫身上，一位爺爺應孫子連日來的要求，打算前往快活谷馬場參與這次盛會。由於當時交通、科技並未完善，他們需要一段長時間乘車才能

到達。當他們到達馬場門外，年幼的孫子卻開始大哭，說看見大家頭上都插着一支燃燒着的香，感到非常害怕並拒絕進入場內。爺爺聽後大驚，四下張望，雖然看不見孫子所形容的香，但寧可信其有，覺得這是不好的兆頭，便急忙帶著孫子離開。由於車程時間長，當他們回到家中，已是數小時後。馬場發生大火的消息早已傳遍大街小巷，數百人身亡，他們幸得死裡逃生。

這個傳聞有另一個相似的版本：當時有一位爺爺帶著孫子，乘坐電車，打算到馬場湊熱鬧。當到達馬場門外，年幼的孫子便好奇地問爺爺道：「為甚麼大家頭上都戴着一頂帽子？…」爺爺環顧四周，發現部分入場人士真的戴着帽子，感覺並不稀奇。誰不知孫子卻接着說：「帽子上都有一支燃點着的白蠟燭！」爺爺這一刻才開始感覺不妙，覺得將會有大事發生。原來孫子話還沒有說完，再道：「洋人頭上插的不是白蠟燭，是鮮花！」聽罷，他急急忙忙的拉着孫子離開快活谷並回家。因為他意識到華人掃墓的習俗是使用香燭，而洋人掃墓的習俗是使用鮮花，孫子看到的現象，恐怕和死亡有關係。果不其然，回到家中事件便水落石出，馬場發生大火，他們避過了一劫。

馬場發生大火後，部分屍體被燒至支離破碎、面目全非，當時的科技並不能辨認這些屍體的身份。那些不能辨認的屍體由於數量太多，當時的政府根本沒有能力處理，只好派潔淨局[2]職員篩選，完整的屍體放在馬場上供親人認領，大件的殘肢運送至馬場附近的咖啡園墓地[3]埋葬，細碎的則由鵝頸橋碼頭投入維多利亞港。由於進入馬場的人均為上流人士，政府在屍體中找到不少名貴飾物及金器，需要家屬到警局認領。傳聞當時不少水上人去到碼頭附近，試圖撈取屍體上的金飾，但卻有人誤撈到人頭，而嚇得魂飛魄散。

1922 年，東華三院於咖啡園墳場興建了「馬棚先友公墓」，又名「戊午馬棚遇難中西士女之墓」來紀念馬場大火的死難者。據馬棚先友紀念碑上的《香港馬棚遇難中西士女墓碑記》載：「東華醫院同人聞耗，馳援弗及，召工撿拾殘骸，其猶可辨別者，歸之親屬；其不可辨別者，都五百九十餘具，公殯之。事後稽報冊，得六百壹十四人，有舉室焚無人報院，及婦孺不知來報者，約又數百人。」可見當時死難者超過 600 人，但真實的數目卻無法確定。

自從快活谷馬場發生大火後，大家便對當地敬而遠之，傳出鬧鬼的傳聞，例如有人看見全身著火的人在馬棚掙扎，馬匹會無故發瘋亂跳等。愉園和樟園的生意受到巨大影響，雖然電車公司曾推出愉園電車專線，希望吸引顧客再次前往快活谷，但卻無功而返，愉園和樟園先後於 1922 年結業。

儘管香港賽馬會後來曾舉辦一場大型超渡法事，但直到 70 年代，快活谷馬場仍然會傳出鬧鬼的傳聞，例如中世紀歐洲騎士在晚間練馬，以及沒有人的馬場貴賓室傳出打麻雀的聲音等。

由於歷史因素以及馬場大火的影響，逐漸流傳成為了「猛鬼三角」一名。這個「猛鬼三角」是一個被認為充滿猛鬼的區域，形成一個三角形，其中包括馬場、香港墳場、掃旱埔以及嘉寧徑一帶。

註

1　當時並沒有職業騎師，所有騎師皆為對騎術熱愛、以騎術為興趣之人，或甚為富家子弟、商人。

2　潔淨局是市政局的前身，1883 年成立，目的是監察香港衛生，自 1936 年起以民選方式選出成員。1999 年被「殺局」（即被廢除），而另外成立食物環境衛生署和康樂及文化事務署。

3　東華醫院負責殮葬，請求政府撥地安葬罹難者，最後選址附近的咖啡園墳場，其後命名為「戊午馬棚遇難中西士女公墓」。當時還未命名的東院路，便是當時運屍上山的路，其後因為東華東院落成而被命名。

香港島
HONG KONG ISLAND
No.09
詭異現身!!!
黑帽騎師
出現地點
跑馬地
出現時間
1937-61年
雙騎師

墮馬意外不斷
雙騎師共乘一馬震驚馬迷

馬場大火後，雖然已為亡者進行了超渡法事，但馬場依然不時傳出鬧鬼傳聞。

1937 年，騎師梁世恩於比賽期間，賽駒「塔比結」誤踏前馬後蹄，馬匹失去平衡倒地，導致騎師墮馬入院，10 日後終告不治，成為首位於快活谷馬場墮馬身亡的騎師。1947年，騎師嘉士圖騎著名駒「馬士打」本應領先，但在衝線前直路，無論騎師如何策騎馬匹，卻依然慢慢落後，最終殿軍衝線。當時曾經有人拍到「馬士打」上坐著兩個騎師的照片；前者是嘉士圖揮動馬鞭，驅策馬匹，後者是一位穿著騎師裝束、頭戴黑帽的神秘人士。傳聞拍照地點是大石鼓，而照片中位置是梁世恩墮馬之地，加上大家認為嘉士圖身後的騎師身形與梁世恩有幾分相似，因此便認定是梁世恩的鬼魂作怪。此次是首次傳出拍到兩位騎師共乘一匹馬的鬼相。直到 60 年代，快活谷馬場再度有相似傳聞傳出。

1960 年 1 月 1 日，快活谷馬場進行多日賽馬比賽，首日賽事便有 2 名騎師墮馬重傷，次日發生更嚴重事故。1 月 2 日，三屆冠軍法籍騎師司馬克騎乘「滿堂春」出賽，在終點前大約 200 米，「滿堂春」失蹄，導致司馬克與另外 4 人連環墮馬。司馬克被後隨馬匹踢中頭部，即日宣布不治，馬會宣布中止餘下賽事。馬迷對司馬克十分擁戴，更有戲言「司馬克騎牛也有人捧場」，因此對於身經百戰，甚至有「法蘭西飛俠」、「搶閘聖手」美譽的司馬克之死感到難以接受，加上一直有猛鬼傳聞，大家深信是鬼魂作祟。

當時馬房設於山村道，馬匹如要前往馬場，需要經由黃泥涌道進入，傳聞馬匹會經常在黃泥涌道電車路附近無故受驚跳起。另有一傳聞發生在比賽日的晨操時段[1]，司馬克騎著「滿堂春」到大石鼓附近時，看見附近人頭湧湧，鬼氣森森，深感不安，他更特意提醒英籍騎師李路提早結束晨操。可惜翌日意外發生，司馬克身亡。

註

1 與現代制度不同，業餘時代的賽馬晨操是在天還沒有亮前進行，以防止外人看見練習狀況。

司馬克身亡事故後，猛鬼傳聞越傳越盛。傳聞李路在晨操時，試馬經過司馬克墮馬地點，突然有兩個人影在馬前一閃而過，李路急忙煞停馬匹，卻發現四下無人。其後，西人李路竟然在該處為司馬克進行法事路祭，路祭日期比香港賽馬會舉行的大型法事更早舉行。

1月18日，香港賽馬會首次於馬場內舉行了一場為期3日4夜的大型法事，在馬場內設了7個法壇，為死者超渡、生者祈福。法事除了邀請70多名高僧尼姑、270名女居士、172名男居士、50多名信眾，中外騎師、練馬師及中西名流外均有出席。

1961年1月21日，司馬克墮馬事故後一年，同為紅牌騎師的李路駒「花木蘭」出賽時，在大石鼓與前馬相撞，李路頭撞木欄及被後隨馬匹踐踏，送院後宣告不治，「花木蘭」亦需人道毀滅。由於司馬克在12月初4（1960年1月2日）下午3時宣告不治，而李路在12月初5（1961年1月21日）下午3時斷氣，因此大家相信這是一個「搵替身」現象。傳聞有不少馬迷看見李路身後有另一位騎師與他共乘一馬，過了大石鼓後便消失了，甚至更有傳有人拍到李路在某場賽事衝線時，有雙騎師出現的靈異照片。

香港島 HONG KONG ISLAND

No.10

恐怖遺址 修女孤兒院!!!

出現地點	出現時間	
跑馬地	80-10年代	聖保祿石牆

都市傳聞 一

1848 年，4 名沙爾德聖保祿女修會 (St. Paul de Chartres) 修女由法國到港，並於 1851 年在灣仔設立「聖童之家」(Asile de la St. Enfance) 孤兒院，照顧及教導孤兒。當時社會經濟條件差，加上重男輕女，大量女嬰被遺棄，「聖童之家」在 19 世紀末已到達飽和階段。因此，政府在 1903 年撥出快活谷黃泥涌道一地，以興建設有婦孺庇護所、醫院和學校的「加爾瓦略山會院」(Le Calvaire)，並於 1907 年落成。由於鄰近電車站，噪音較大，婦孺庇護所最終於 1927 年遷出，改建學校。

Calvaire 是以耶穌釘十架的各各他山命名，是英文的 Calvary 或希臘文的 Golgotha，原譯自拉丁文的 Calva，意思是指「骷髏頭」。充滿含意的名字加上原址是華人墳場的一部分，多個傳聞不脛而走，包括：修女們需要聘請工人起出骸骨，清理場地，才能動土興建；加爾瓦略山會院下的基層石牆比一般樓層的底層建得還要高，是因為內裏曾是亂葬崗；日軍佔領香港期間，基層石牆內儲存了大量屍體[1]等。

註

1 日戰時期，加爾瓦略山會院被用作日本海軍刑務部，作為關押犯人和嚴刑拷問的地方，小學部的校舍部分更改建成監倉。

1960 年，修會開始接受政府資助，改名為「聖保祿天主教小學」，及在旁邊增建一所同為女校的「聖保祿中學」。學校建成後，傳聞有增無減，最廣為學生盛傳的是位於小學部校園廣場中的大榕樹。榕樹在華人文化中一向被認為容易附陰、吸引靈體，甚至有說法是榕樹下大都寄居著靈體。「樹大招陰」、「榕樹不容人」等俗語都反映出華人文化對榕樹的忌諱。除了負面印象外，廣東地區喜歡稱呼巨大的榕樹為「榕樹頭」，大家會在榕樹頭聚集、乘涼、說書等；「榕樹頭旁說書場，清茶一杯紙扇揚；悲喜愁樂時變幻，才到開懷又斷腸。」因此，亦有一句諺語是「榕樹頭講古（故）」。

聖保祿學校的學生對於這棵大榕樹同樣喜惡參半，一方面喜歡相約朋友「大樹等！」，另一方面亦有不少靈異傳聞是針對此榕樹。榕樹被一個長方形水泥花槽包圍，高空看去形狀就像一塊大墓碑，因此不少學生盛傳榕樹下是亂葬崗，花槽是以棺材板或墓碑製成，並傳出榕樹下埋葬了一名修女、榕樹下有棺材等。除此以外，學生們更認為樹根早已伸展到對面馬場。80 至 90 年代，樹幹上更被某人刻了「有鬼叫」三個字。到千禧年過後，樹幹上變成被某人刻了個「朱」字，加上某枝樹枝看上去就像一隻手向下抓，傳聞隨即變成：一位朱同學在榕樹上死去，樹枝亦變成手的形狀。由於大榕樹

歷史非常悠久，生長得非常壯大，有傳學校曾經為這棵老榕樹進行修葺，事後卻有很多老師或其親人相繼去世，這是由於樹精發惡所致。

1984 年 1 月 28 日早上 8 時許，聖保祿天主教小學門外發生了一宗嚴重車禍，一輛行駛中環來往跑馬地方向的 1 號巴士，失控衝上行人路，導致 6 人死亡、8 人受傷。事件發生時，巴士原本準備停站，卻機件失靈，不能停下。而右邊正好有架電車駛經過，巴士為免撞上電車，引致更大死傷，巴士司機最終選擇急左轉，剷上聖保祿小學正門附近的行人路。當時一班家長正在石牆旁邊排隊，等候進入學校領取小一入學申請表，由於沒有空間躲避，他們幾乎全部被捲進這場車禍。事後，開始有學生傳聞認為這宗意外是榕樹精所為，亦有說是校園內其他搵替身的鬼魂所為。

復修前的小學部十分破舊，操場凹凸不平，看上去有不少像是被水泥填平的坑洞，形成一個個圓形。在大榕樹旁邊的有蓋操場內，一個放置體育用品的位置上，有一

個在小學生眼中像是水井被填平的形狀，因而被傳出假如不
慎踏上這「井口」，便會被鬼拉落井中。在操場另一位置，
地上亦有另一個像是被填封的洞，傳聞曾經有修女跌死過在
洞內。

此外，在中學部球場旁邊，有一座背對著馬場的聖母像，這
座聖母像同樣充滿傳聞。相傳只要在晚上站在榕樹下，便能

看見聖母像流淚;另一傳聞是聖母像會在晚上轉身望向馬場;
最後一個傳聞是聖母像會把學生摔死。

2017 年學校進行翻修工程,地上的坑坑窪窪連同這些豐富
的傳聞一同消失。曾經傳聞內裏是亂葬崗的地基石牆內部,
亦掘出空間變作停車場。大榕樹經歷多年風雨後,被評斷染
上「褐根病」後終被砍去。

你敢搭嗎？
尾班車

出現地點 📍	出現時間 🕐	
跑馬地	90年代	**尾班電車**

無人按鐘 神秘停靠!!!

香港島 HONG KONG ISLAND

No. 12

出現地點	出現時間	
跑馬地	70-90年代	**跑馬地墳場**

都市傳聞 一

由於香港墳場是香港開埠初期建造的墳場，亦是跑馬地墳場區域中最古老的墳場，所以附近的電車站以「香港墳場」命名。二十世紀初，香港政府把香港墳場修建成庭園式墳場，大量種植觀賞用植物在墓園內。1968 年，港府為配合城市發展，將市內不同的紀念碑遷往香港墳場。因此，墓園內的建築對比其他墓園，更具歷史意義，當中包括現存本港最古老的教堂「香港墳場教堂」。

香港電車於 1904 年運行，通車初期已有跑馬地路線，當時是由軒尼詩道，經寶靈頓道、摩理臣山道，到最後黃泥涌道總站。1913 年，跑馬地路線獲准延長，增設跑馬場、愉園遊樂場、香港墳場站。直到現時，香港墳場站為隨意站（Request Stops，俗稱紅牌站），並非固定停車站。除非有乘客需要上落，否則一般情況下，車長並不需要停車。雖然如此，老一輩的車長卻有一個習慣，不論是否有乘客上落，依然會在香港墳場站稍作停留。這個習慣在其他公共交通工具上，亦有相似做法。

在 90 年代以前，香港的公共交通工具尚未普及通宵線，市民亦相對較少會在深夜時段外出。當夜闌人靜，沒有客人的情況下，巴士通常只會經過車站，不會停下，唯獨「尾班車」例外。傳聞這班車是專門接載一些看不見的乘客，假如司機沒有停站，沒有人的車廂亦會有落車鐘響起，司機甚至有可能通過倒後鏡，看到車上的另類乘客出現。

在 90 年代，市民曾經熱烈討論過「尾班車」的傳聞，有人認為這班車實質是晚間員工專用車；或認為是最後一班班次完成行程後，司機將車輛駛回車廠的這段路程；亦有認為「尾班車」是在最後一班班次開出後，額外開出的一班；或直接理解為最後一班班次的車。無論如何，這班車依舊燈火通明，與普通班次無異，但卻從不接載乘客，埋站時亦不會打開車門。這些討論，曾經引來不少自稱曾誤上「尾班車」的乘客分享事件，更有車長挺身作證「尾班車」的存在，但卻從來沒有官方表明真偽。除了巴士有「尾班車」傳聞外，地下鐵（現稱港鐵）亦有類似情況。傳聞地鐵尾班車，車長不能離開駕駛室，否則便會看見靈體。

時至今日，由於巴士的通宵線出現並普及，巴士的「尾班車」傳聞開始漸漸消失。香港電車亦由於有不少車長老邁退休，「沒有乘客上落卻依然在香港墳場站停下」這個動作，亦慢慢減少。

都市傳聞 二

從阿爾琴詩句
看聖彌額爾墳場石刻楹聯

跑馬地墳場是「猛鬼三角」的一部分，而這個名稱其實是大眾對跑馬地區內墳場地帶的一個俗稱，包含香港墳場、回教墳場、天主教墳場、巴斯墳場、印度人墳場及猶太人墳場。

跑馬地天主教墳場全名為「跑馬地天主教聖彌額爾墳場」，於 1848 年由灣仔遷往跑馬地現址。墳場的門樓頂以天使長聖彌額爾（St. Michael）雕像為裝飾，門的兩側配以一對石刻楹聯：「今夕吾軀歸故土 他朝君體也相同」。楹聯的來歷已難以考究，但有些人認為是由一名神父在 1910 年代末期所題，另有傳聞是由金文泰港督所提。學者夏其龍神父認為這句對聯意譯自阿爾琴（Alcuin of York）的拉丁文詩句：「Quod nunc es fueram, famosus in orbe, viator, et quod nunc ego sum, tuque futurus eris.」（旅人，你與我當年一般，而你終有一天也會成我這模樣。）

傳聞自馬場大火後，快活谷區內靈異事件不斷，魑魅魍魎四出搗亂。墓地的亡者對於自己的早逝深感不忿，甚至妒忌生者，移動附近居民的傢俬、生活用品等。後來有人向墳場負責人建議豎立這楹聯，才能令靈異事件減退消失。普遍認為這楹聯是對墓地內的亡魂所說，雖然表面上是提醒後人我們總有一日亦會死亡，實則是告誡亡靈不要再搗蛋，因為生者終有一日也會和亡靈一樣永遠長眠。

現在，墳場每日均有管理員看守。傳聞每天清晨六時，當管理員打開這道鐵閘門時，都會向街上大叫：「返嚟啦！」以此呼喚外出在街上遊玩的墓地亡靈，告訴他們是時間回家了。此外，住在跑馬地區的居民對於這墳場區域亦有諸多忌諱。老一輩的居民會告誡兒童，切勿在入黑後行經墳場附近，為免被鬼捉弄「鬼揞眼」，在那幾段路上兜兜轉轉、走不出來。

在 70 至 90 年代，坊間盛傳有一輛的士行經墳場前往銅鑼灣方向，原本沒有乘客的車廂，卻突然多了一位乘客，當到達銅鑼灣時又突然消失。相似的故事亦有：的士在墳場外接載了一名白衣女子，當駛出銅鑼灣時，乘客早已失去蹤影云云。駛經這些墳場區域的的士司機心中總是充滿忐忑，有些甚至會選擇繞道而行，以避免遇到這些神秘的乘客。

巡邏目擊鬼新娘!!!

出現地點 📍	出現時間 🕐	
掃旱埔及嘉寧徑	80年代	**大紅花轎鬼**

都市傳聞 一

猛鬼三角的最後秘密
二戰飛機墜毀的黃金寶藏

猛鬼三角的最後一角，位於掃桿埔及嘉寧徑交界的何東中學及聖瑪利亞堂附近。整個三角形包含著跑馬地墳場、快活谷馬場、香港大球場、戊午馬棚遇難中西士女公墓、咖啡園墳場等，因為山形所聚集的陰氣，形成了一個三角形地帶。

掃桿埔同樣位於山谷，早期對出已是海邊，是銅鑼灣區原本少有較平的土地，現今銅鑼灣核心地帶的土地是其後填海形成的。1918 年馬場大火後，政府一度將死難者安葬於掃桿埔。直至二戰結束後，政府配合城市發展，將掃桿埔的墓地遷往雞籠灣，並改建成大球場，於 1955 年啟用。

何東中學全名何東官立工業女中學，建於 50 年代，由何啟東爵士捐款創辦。由於歷史悠久，校園內有不少靈異傳聞，但甚少對外流出。當中一個較多人知道的傳聞發生在 70 年代以後，當時約有 80 名師生正在上課，卻突然聽到室外傳來小孩的哭聲。大家對此感到莫名其妙，部分老師因擔心是小童誤入校園迷路大哭，繼而到處尋找聲音來源，最後無終而返。

在嘉寧徑，還有另一個更令人毛骨悚然的傳聞。事件發生在80、90年代，一個晚上，有位警察在嘉寧徑巡邏的時候，看見斜路上方竟然有8人抬著大紅花轎，轎內還有一位新娘。這位警察大驚，並意識到自己撞鬼，因為當時除了這輛轎外，並沒有聚光燈及其他工作人員，直接排除了電影拍攝的可能。

跑馬地猛鬼三角內除了以上提及較廣傳的傳聞外，跑馬地區內亦有很多零星的小傳聞。

藍塘道於日軍佔領香港期間，曾經發生一場大屠殺[1]。位於藍塘道上的寶血小學因此而盛傳有鬼，包括校園花園內，聖母山[2]中的聖母像會於深夜時會步行下山；而地下廁所的最後一格，亦傳聞有鬼魂出沒。

1　當時約30人身亡，富商屈柏雨（大埔迦密柏雨中學以他命名）亦在當中。

2　天主教學校及教堂內，大多會興建一個小型假山雕像，當中放置一個聖母雕像，用來祈禱之用，這個地方被稱為「聖母山」。

2014 年 2 月，在厚德街的一個建築工地內，發現一枚重900 公斤的戰時炸彈。這枚炸彈是美軍於二戰期間空襲跑馬地日軍設施的殘留炸彈。1937 年日本侵華，中國抗日戰爭開始，由於香港當時屬於英國統治，至 1941 年香港才爆發戰役。在此期間，香港成為中國連接世界的通道，啟德機場成為重要的交通樞紐，有來自國民政府與美資共同成立的中國航空 (China National Aviation Corporation) 及泛美航空 (Pan Am) 等的航機。美軍戰機及美國民航機在二戰期間在本港均有記錄。傳聞在二戰期間，一架美國飛機於渣甸山被日軍擊落墜毀，由於機上運載了大量黃金，附近居民把這些財富據為己有，一夜致富。據說，當地一些老一輩居民仍會在特定時節前往墜毀地點祭拜，以祈求保佑和平安康。其實，筲箕灣才是事件發地。在 1947 年 1 月 25 日，一架飛機在柏架山墜毀，機上 2 噸半黃金散落在山坡上，不少人前往尋金，但是警察立即封鎖整個山頭，可惜部分黃金依然遺失。時至今日，依然有人嘗試尋找黃金，而且成功。

香港島

完

九龍圖鑑

天梯

地獄線

跳軌女孩

最臭車站

海嘯天后

鬼叫外賣

地鐵結界

天龍過山車

九龍

旺角

朗豪坊 無盡電梯!!!

出現地點 📍	出現時間 🕐	
朗豪坊	千禧年代	**天梯**

朗豪坊

LANGHAM PLACE

位於旺角中心地帶的朗豪坊
是一組摩天大廈建築群，
由商場、寫字樓及酒店組合而成。
大廈屬是市區重建局重點重建計劃的一部分，
於 1988 年開始計劃重建，
2004 年落成，原址為住宅範圍。

◆◆◆◆◆◆◆

朗豪坊商場樓高 15 層 (B2 至 L13)，由 The Jerde Partnership 的日籍建築師 Brian Honda 設計，並以「巨石墜落」為主題。商場特色於 L4 設有通天廣場，L5 至 L13 面積只占 L4 的約一半大，形成室內中空設計，配以大量玻璃幕牆組成開揚空間，令 L4 猶如置身戶外。此外，L4 設有兩組全港最長無承托室內扶手電梯，第一組由 L4 通往 L8，第二組由 L8 通往 L12，總長 83 公尺，被市民俗稱為天梯。L8 至 L12 商場以螺旋形斜路配以天井設計，與商場其他層數格局大為不同，店舖是走年青人路線，猶如商場內的另一商場。

◆◆◆◆◆◆◆

辟邪長劍天梯
斬斷陰氣破厄運

2017 年 3 月，朗豪坊發生一宗罕見的嚴重事故，連接 L4 至 L8 的地標天梯突然出現故障，向上的電梯突然急瀉數秒，約 20、30 名乘客如骨牌般倒下，L4 電梯口位置更因此而人疊人。事件造成 18 人受傷，2 名工程人員被吊銷牌照半年。事件雖然全無靈異成份，但是出事地標卻是朗豪坊開業首數年間兩個傳聞的主角。

在朗豪坊開幕不久後，網絡便出現一篇名為「朗豪坊結構傳聞」的文章，文章內容是圍繞朗豪坊商場結構安全問題，指所有建築資金花在 B2 至 L4，令 L5 以上樓層在欠缺資金下建成，鋼筋亦由於缺乏資金，只能偷工減料，沒有按照安全指引計算。而商場的主力鋼筋則是地標天梯，所以電梯如發生嚴重事故，整座大廈亦會倒塌。

另一傳聞則比較神怪。朗豪坊商場在開幕不久，經常發生小意外。在 2005 年 5 月，更有強化玻璃爆破，碎片如雨般落在 L8 至 L12 的天梯上，3 名女士被擊中受傷。其間出現網傳：假如去朗豪坊商場，卻沒有乘搭任何一條天梯，便會發生意外。輕則受傷、重則死亡。其後，網絡上更有人指與家人逛完朗豪坊後，自己與女兒便一直運氣很差，惡夢連連，而兒子則安然無恙。遂找風水師傅求助，風水師指出朗豪坊建在陰地上，所有客人進入朗豪坊，都會受到陰氣攻擊。發展商為此興建了猶如長劍般的天梯，用意是為客人辟邪、斬斷陰氣。由於他兒子當日有乘搭天梯，所以並沒有受陰氣影響。故事最後，主人翁與女兒再度前往朗豪坊，並特意乘搭天梯，惡夢與怪事終於停止。

香港擁有《建築物條例》，屋宇署需要審核所有新建建築物圖則，符合規格的圖則才能進行動工。建築工程進行期間，屋宇署人員亦會進行監察。工程完成後，屋宇署會派人作最後檢查，才發出入伙紙。

憑臭味就能辨認到的車站

出現地點 📍	出現時間 🕐	
太子	90年代	**最臭車站**

太子站

PRINCE EDWARD

地下鐵早期系統於 1979 年分階段通車，
第一階段由觀塘至石硤尾站率先通車，
第二階段由石硤尾連接至尖沙咀站，
太子站則作為荃灣線轉車站，
雖然竣工卻尚未通車。
直至 1982 年 5 月 10 日荃灣線投入服務，
太子站的月台率先運作，乘客只能在站內轉車，
同月 17 日整個車站正式運作。

　太子站的位置實質是旺角北，在有地鐵站前，並沒有一個地區名為「太子」，只有太子道。其後由於太子站的落成，市民習慣稱站附近地區為該站名，這樣才有「太子」為一區的叫法出現，但是官方並沒有將「太子」定為區，因此亦不能在地圖上看見「太子」為區域出現。

　太子站（Prince Edward）取名自英國國王愛德華八世（Edward VIII），由於他在 1922 年 4 月到訪香港並參觀了一條街道，而當時他只是愛德華王子（Prince Edward），港府為了紀念，將該街道名為太子道（Prince Edward Road）。

都市傳聞 一

從歷史到傳聞
地下鐵路的神秘味道

太子站在 90 年代開始，被市民批評為全港最臭的車站。很多乘客認為站內月台長年有臭味，並形容該氣味為嘔吐物味、屎尿味、屍體味等，在月台越接近旺角方向，氣味越濃烈。除了氣味外，更有乘客曾經見到路軌上有彷似屎水的臭水流動，及聽到彷似漏電的吱吱聲，引起大眾無限遐想。

華人習俗相信每當有靈體出現，便會伴隨臭味，而太子站的臭味終年存在，加上有職員、乘客表示曾經在站內遇上靈體，該站早已被冠上最猛鬼的地鐵站 [1] 之稱，所以有傳臭味的來源屬於靈體。

註

1　傳聞主要發生在安裝月台幕門以前，當時兩鐵尚未合併。

另外，亦有傳聞指地下鐵路公司曾經多番追查臭味來源，初時誤以為是沼氣，可惜並無所獲。最後唯有請來法師，經法師推算，該地在二戰期間曾被日軍殺死的無數市民，屍體四處棄置，數目難以估計。經法師引導下，地鐵公司進行挖掘工程，掘出大量人骨，那便是臭味來源。事件真相大白後，地鐵公司運用金錢、權力阻止了事件外洩。除了鬼神之說外，亦有其他關於設施的傳聞，例如認為有條屎渠在路軌上、月台底下曾是一座化糞池、該段地鐵隧道是由坑渠改建、吸風口在垃圾站旁邊、太子站前身是垃圾站等。

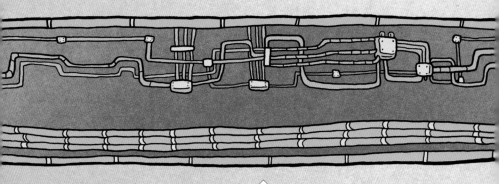

地鐵最猛鬼車站
靈異傳聞與環境污染交織

事實上，太子站附近有一條名為水渠道的街道，街道下是一條長暗渠，暗渠一邊連接著花墟道明渠，另一邊則與鐵路隧道相鄰。花墟道明渠在古時是一條河道，源頭來自畢架山，水清見魚，其後因應城市開發，被改造成一條明渠，亦是租界護界渠，用來收集雨水，排出維多利亞港。本港人口在 50 年代急升，由於明渠位置屬於市區，附近農地變為商舖、住宅大廈等。當時人口急升，很多**民生教育未完善** [2]，不少人非法傾倒污水於渠道，明渠附近食肆和商舖習慣把污水傾倒於街邊坑渠口，附近大廈亦將污水渠接駁到雨水渠，直接排出，花墟道明渠受到嚴重污染，發出臭味，影響附近居民健康。由於明渠受到污染，連帶水渠道的暗渠亦變得非常臭，污水長年累月經由地底石層裂紋滲透到太子站月台及行車隧道，導致車站出現臭味。香港地鐵公司只好在月台安裝空氣清新機，希望減低臭味，這亦是乘客誤以為漏電的吱吱聲來源，可惜成效不大。直至 2001 年月台幕門安裝後，氣味受到阻隔，臭味才受到控制。

註

2　80 年代開始，政府於各大傳媒宣傳和教育非法傾倒污水的嚴重性，污染情況才慢慢開始受控。

異世界的入口

探索太子站！！

出現地點📍	出現時間🕐	
太子	90年代-現今	地鐵結界

都市傳聞 一

「重複進站」的謎團
地鐵旅程的時間空間交錯

自地下鐵路通車後，一直流傳著在列車行駛途中，彷彿進入異度空間，連續兩次駛進同一月台。這類傳聞在 90 年代、2010 年代亦曾熱烈討論，相類似的故事雖然會發生在不同車站，但是較多發生在太子站至油麻地站，而發生在太子站的次數更是遙遙領先。

傳聞有不少人在乘坐地鐵時，經過了同一車站兩次，但是只有這些事主留意到這個現象，身邊其他乘客卻恍如平常般，沒有奇異表現。這種異度空間，還有很多不同相類似狀態，例如有故事是：某事主在太子站登上往中環方向列車，經過一段時間後，列車在沒有掉頭的情況下，卻依然是太子站，嚇得事主跑上地面，轉乘其他交通工具；另一事主乘搭由旺角駛向荃灣方向或觀塘方向的列車，途經了兩次太子站，第一次的太子站月台一片漆黑，沒有任何人影與聲音，第二次再進入太子站月台，終於回復正常，既光猛亦有人流；某事主在太子站轉車，卻發現下站再度在太子站出現，只好再次

轉車，如是者重複了數次；某事主在深夜乘搭地下鐵路，由於夜深人靜，列車上只有三兩丁人，當列車駛離太子站時，事主看到有位乘客向著最近事主的車門衝上前，打算乘坐列車，可惜車門已關，事主與這位乘客隔著車門，對上了視線。列車再度開出，到達下一車站，事主卻驚異的看到了剛才那位乘客登車，那位乘客同樣以驚異的表情看著事主，並上前問到：「我啱啱係咪見到你？」。

在其他車站，相類似的故事亦有不少：某事主與朋友在列車上，看見一名少女正乘搭電梯離開深水埗站，由於少女背影與事主的朋友相似，所以事主與朋友在列車上進行了一番討論，到達太子站，事主與朋友準備出閘時，卻再度遇見這名少女；某事主進入銅鑼灣站大堂後，卻發現站內沒有其他人，而事主在站內兜兜轉轉，卻找不到自己需要去的月台，

過了一段時間，人與列車突然出現在眼前，一切回復正常；
某事主在荃灣站上車，下一站卻到了柴灣站。

由於有很多事主在事件發生時，正在使用手提電話或發呆，
因而被質疑他們只是失了魂，誤以為列車重複進入同一車
站，亦有質疑的聲音認為這些事主只是習慣每日乘搭地下鐵
路這個重複動作，所以誤以為自己經歷了兩次同一車站。以

上質疑並不能解釋部份個案，除了事主留意到列車第二次駛
進同一車站，亦有其他乘客發現了同樣現象，以及某些個案
中的事主全程清醒，並沒有使用手提電話或發呆。除了以上
質疑聲音外，還有另一個較多人討論的質疑認為，這個現象
是由於地鐵班次調整，列車進入了另一條分支線，所以能夠
重複進入同一車站。這個質疑同樣被人反駁，認為如果列車

需要連續進入同一車站，當中需要興建大量隧道以作轉彎之用，成本效益以及香港地底情況根本沒有資源處理，而且地下鐵路公司必須程報此類安排予公眾知曉。

和應的聲音則認為這可能是一個時間重疊的現象，由於時間重疊只會發生在個人身上，所以身旁其他乘客並沒有反應。亦有人認為是由於太子站內有時空入口，所以經常發生空間交錯現象。傳言亦指這一個站的重疊時間，其實是事主的陽壽被靈界偷走後，所出現的一個現象。在近年，由於再有數個同類事件發生，多個事主聲稱事發時間是在晚上11:00後，屬於陰陽交替時間 [1]，所以特別容易與靈界接上。對於每天乘搭港鐵的香港市民來說，這些故事成為了日常生活中津津樂道的話題。

註

1　每日有兩個陰陽交替時間，分別是子時 (晚上 11:00 至凌晨 11:00)，及午時 (早上 11:00 至中午 1:00)。

油麻地

大解析 墮軌少女!!!

出現地點 📍	出現時間 🕐	
油麻地	1981年	**跳軌女孩**

油麻地站

YAU MA TEI STATION

油蔴地站 (Yaumati Station) 最早出現於 1910 年通車的九廣鐵路 (英段)(Kowloon-Canton Railway (British Section))，直到 1969 年才正式改名為旺角車站 (Mong Kok Station)，即現今的旺角東站 (Mong Kok East Station)，與現今的油麻地站是兩個完全不同的地點。

油麻地站是早期系統第二階段通車的其中一個中途站 [1]，該站與旺角站同為三層廂型結構車站，由於地質問題，加上 70 年代技術上未成熟，使這兩個車站成為當時最難興建的車站之一。1982 年荃灣綫開通後，原本是中途站的油麻地改為觀塘線尾站。直至 2016 年，觀塘線延長，尾站變成黃埔。

油麻地站英文名初期使用 Waterloo Station，直到 1985 年改名為 Yau Ma Tei Station，至今沿用。

註

1　1979 年 12 月，第二階段通車，路線由石硤尾站至尖沙咀站。

Waterloo 取名於窩打老道 (Waterloo Road)。滑鐵盧之戰是英軍在 1815 年大敗拿破崙法國的一場戰役，結束了拿破崙戰爭。這場戰役發生在荷蘭聯合王國的滑鐵盧，自此以後，英國人以滑鐵盧來形容大失敗及揶揄法國。有傳法國人對 Waterloo Station 這個名字不滿，加上當時油麻地站內月台橫向使用紅、白、藍色紙皮石，市民認為是一個表面代表法國，實則暗指他們戰敗在荷蘭的諷刺表現，因為法國國旗是縱向的藍白紅，荷蘭國旗是橫向的紅白藍。這幾個顏色的紙皮石在 2003 至 2005 年間的車站翻新工程被移走，並統一為灰色。

地鐵史上最詭譎事件
少女跳軌前後的多重幻覺

1981 年 11 月 11 日，一宗少女墮軌事件刊登在各大報紙，成為城中熱話，後續傳聞在往後數十年間依然流傳。事件發生在 11 月 10 日下午 1:30，一列車由中環開往觀塘方向，到達油麻地站時，一名少女突然跳落路軌，列車急煞停下，不少候車乘客目擊並驚呼，油麻地、旺角及佐敦站需要暫時關閉，以便搜索傷者。

一名目擊者稱事發時與該墮軌少女只有約 3 米距離，她年約 20 歲，身穿杏色毛衣，淺色西褲。在列車進入月台時，她突然一躍而下，雖然司機緊急煞車，列車依然滑行一段路才能停下。由於司機感覺到列車曾經輾過異物，認為這名墮軌少女被捲入車底，需要疏散車內乘客，並把列車吊起。警員、消防員及地下鐵路搶救隊用了約一小時沿著路軌搜索。他們非但沒有看見傷者，連血跡也沒有發現，因而懷疑事故的真實性，但司機過往健康記錄良好，事故亦有多位目擊證人，所以地鐵公司相信司機煞車並報警的決定正確，卻無意再作深入調查。

該事件發生後數日，依然有不少媒體作後續報導，墮軌少女的身份亦已開始出現不同說法，由 20 出頭的女士，變成約 17、18 歲穿著校服的女學生，事件經過多年流傳，最後更變成 15、16 歲穿著紅色裙的少女。除此以外，事件的報道並沒有提及目擊證人對於聲音的描述，而流傳開來的故事，卻指出在少女被列車撞上時，發出了一聲慘叫聲。

除了事件因撲朔迷離，而被廣泛談論，坊間不知從何時起，傳出一個後續故事。故事主角是一名 16 歲少女，事發當日，她正在油麻地站月台等候列車，卻看到另一個自己出現在若干位置外，這個人不論衣著打扮，甚至外貌身形亦與自己相同，而她在毫無預警下，突然跳入路軌，被剛到達的列車撞上。列車司機雖然緊急煞掣，但已把她撞上並輾過，被輾少女發出慘叫聲，眾候車乘客無不嚇得驚呼聲四起。16 歲少女目擊整個過程，嚇得魂不附體，慌忙離開地鐵站，轉換巴士回家。回到家中，她慌忙把這事告訴家人和朋友，他們安慰事主，認為只是人有相似。如是者，少女生活慢慢回復正常，卻在 7 日後突然病故。家人才憶起她曾經提及這宗怪事，明白到當時應是一則死亡預告。

這則傳聞亦有其他細節上的分別，例如有說少女回到家當晚已開始重病，兩日後死亡。亦有說少女當日開始生病，醫生與藥物亦無幫助，家人認為是靈體作祟，找來了一名法師為少女作法，法師叮囑只要少女七日內不要離開家中，便能安然渡過。少女謹遵吩咐，可惜依然敵不過靈體，第七日在家中病逝。

千禧年後，網絡盛行，當中不少網上靈異節目、專欄等重新提及這宗事故，更形容為「地鐵史上最神秘的意外」，與此同時傳聞再度出現變奏。有網民在網上靈異節目稱被撞少女真有其人，被撞後更自行爬出路軌，由於當時情況混亂，並沒有人留意到被撞少女已自行離開。少女雖然安全回到家中，不久後卻因急病死亡。2019 年有專欄作家在報章撰文關於這宗事故，其後收到兩位讀者聯絡，內容大致相同卻更為詳細，指被撞少女並不是女學生，當時 22 歲，身穿白色衣裙，由於經常聽到有聲音叫她去尋死，導致她當日跳軌。墮軌後，卻又有另一把聲音出現，要她生存，她便立即躲進路軌間空隙，避開了列車，更在混亂其間離開地鐵站。她並沒有如其他傳聞般死去，相反一直生存至今。

另外，還有一個傳聞在網絡出現，聲稱是少女的親戚，交代了這宗事故的前因。在發生油麻地站事故前不久，這名 16 歲的女生因為熱愛攝影，曾與兩名友人四出拍照，其中一個拍照地點是跑馬地墳場。自那天後，這名女生久病不起，她媽媽對她的病感到奇怪，向另外兩名朋友詢問當日外出詳情，因而發現少女在墳場的某張單獨照上，現出了一對鬼手，彷彿掐著她的頸項。少女母親懷疑事情與靈異事件有關，便帶著照片到廟找法師。法師說少女被靈體纏上，更計出她 17 歲前會遇上一個大劫，只要能過生日，一切便會化險為夷。其後，法師更為少女做了多場法事，可惜效用不大，少女患上血癌。事故當日，少女正打算由醫院覆診回家，卻在地鐵站月台上遇上另一個自己，她們眼神對上後，那個少女便跳下路軌。往後的故事，與傳聞大同小異，少女兩日後因心血管突然栓塞而往生。

少女生命最後的秘密
墮軌後奇蹟生還？

這宗少女墮軌事件多年來被多次報道，台灣的情境式新聞節目《關鍵時刻》亦在約 2013 年報道過，香港電影《變》[1] 也以此為其中一部份主題探討。經過多年流傳，大眾對於這宗事故有多方面不同解釋，有認為是集體幻覺，亦有認為撞到的是少女三魂七魄中的其中一魄，因為失去一魄，所以少女在短時間內喪命。另外，亦有說油麻地站陰氣重，易生事端，所以地鐵公司曾為此站改名，希望不再使用以戰爭名稱為站名，以減低怨氣。

註

1　恐怖電影《變》2012 年上映，導演煒堅，主演潘紹聰、趙碩之、Brandy Akiko、朱紫嬈。

詭異外賣訂單 四碗白粥!!!

出現地點 📍	出現時間 🕐	
彌敦道452號	1953、1989	**鬼叫外賣**

彌敦道

452 NATHAN ROAD

彌敦道 (Nathan Road)
舊稱羅便臣道 (Robinson Road)，是以第五任港督
夏喬士‧羅便臣 (Hercules George Robert Robinson) 命名，
在 1860 年開始修築，當時英國尚未簽訂《北京條約》，
但已以租賃形式租下九龍半島。
羅便臣道成為九龍半島第一條道路。

1904 年，第十三任港督彌敦積極發展九龍半島，擴闊羅便臣道為九龍主要大道。由於港島半山區亦有一條同名的羅便臣道，在 1909 年九龍羅便臣道便以當時港督彌敦來改名，成為現時的彌敦道。由於在規劃時，天星碼頭一帶預留撥入彌敦道，但最後卻撥入梳士巴利道，所以彌敦道並沒有 1 至 18 號，而 452 號位於油麻地。自 1977 年起，彌敦道 448-452 號是一座名為「文豪閣」的十九層高住宅大廈，地下三層自 1979 年開始至今則是中華書局。

都市傳聞 一

麻雀桌上的恐怖
突然多出的神秘雙手

1953 年 3 月 6 日，報紙刊登了一則靈異新聞，內容提及彌敦道 452 號出現鬼屋傳聞，導致在 3 月 4 日晚上聚集了上千名民眾在大廈附近的公眾四方街 [1] 圍觀，驚動警方，出動警車維持秩序，最後更以治安問題而驅散人群。傳聞當時住在 452 號四樓姓葉越南華僑同時是二樓業主，由於二樓住客全數遷出，他找來了女兒到二樓看顧物業。於是，葉女邀請友人，晚上到二樓物業打麻雀，當他們氣氛高漲，其中一家食糊，向各家收錢之際，卻突然多出兩雙手，一雙問各家收錢，另外一雙去摸牌。他們只有 4 人，卻出現 6 對手，嚇得他們奪門而出，去警署報案 [2]。

註

1　亦即現時眾坊街一帶。天后廟對開的一塊地皮，舊稱為公眾四方街 (Public Square Street)，由於該地位於天后廟前，有大榕樹，大家喜歡在榕樹頭聚合講故 (見聖保祿石牆篇)，英國人因而命名該地為 Public Square，亦即廣場的意思，但是中文譯名卻失去當中含義，直譯作「四方」。直至於 70 年代，該街道改名作「眾坊街」。

2　最近的警署為油麻地差館，位於廣東道及眾坊街交界，亦是三大最猛鬼差館之一。

鬼屋傳聞傳出後，當晚不少市民晚飯過後，約在晚上 10:30 至凌晨 2:00 期間，到公眾四方街聚集圍觀，希望一睹鬼屋面貌及打探到更多消息。由於人數眾多，警方為免有歹徒乘機登樓，連同警車到場維持治安，其間拘捕了數名可疑人士，送往警署。他們在警署等候問話其間，卻失去蹤影，彷彿憑空消失一樣，只剩桌面上的手銬，警員們無不感到靈異奇怪。

這則鬼屋傳聞引來大批市民茶餘飯後討論，有兩三家報章報導圍觀事件，《大公報》則抨擊大家過份迷信，以訛傳訛，寫到：「20 世紀的 50 年代居然還有人以為有『鬼』，居然還有報紙煞有其事來宣傳『鬼』的存在…」亦有報章認為這個鬼故事的出現，是由於該區有不少大廈被收購重建，發展商希望能夠損害該大廈名譽，傳出鬼故事來減低新租客出現的可能性。但是這個以訛傳訛的故事並沒有因此而消失，其後更在 90 年代至千禧年左右，變成其他版本，重新被市民討論，其中某一版本便是有名的「鬼叫外賣」事件。

都市傳聞 二

靈異的鬼叫外賣
款項每夜驚變陰司紙

傳聞附近某茶餐廳連續多晚九時左右接到外賣電話，地點為彌敦道某大廈四樓的一個空置單位，每次只會同樣叫四碗粥。茶餐廳員工送外賣到該單位時，內裡只會開出一條小門縫，伸出手付外賣錢，令外賣員難以看到屋內情況。自從接到這單神秘的外賣單後，茶餐廳老闆每晚點算收銀機的款項時，都會發現數目不對，而且出現陰司紙。初時懷疑職員中飽私囊，把外賣收款換成陰司紙，但是職員再三保證自身清白，其後每次收到款項後，均多次確認為港幣，才敢放進收銀機內。可惜陰司紙依然出現，茶餐廳老闆為了查明真相，決定代替員工親自送外賣到該單位。老闆送餐情況與員工描述的大致相同，收到錢後亦肯定正常無疑後才離開，當晚該款項再度變成陰司紙。老闆非常氣憤，最後報警處理。警員到達該單位後，並沒有人應門。由於感覺事件有異，最後爆門入屋。

屋內有一些吃完的外賣盒及一張麻雀桌，桌上有恍似正在進行中的麻雀，旁邊有四具死去多時的屍體。其後法醫為這幾具屍體驗屍時，發現他們的胃內竟然有新鮮食物，食物的狀態與死亡時間並不吻合，而這些食物內容竟然符合這幾天的外賣餐單。

這個故事傳聞有大量相類似版本，有些版本只是食物上的分別，例如有雲吞麵、炒粉麵飯等等；有些版本並沒有報警，更沒有發現屍體，取而代之是茶餐廳老闆發現四個無頭白衣鬼在屋內打麻雀；有些版本的年代、地點、甚至地區亦有不同，但是內容卻大同小異，主要圍繞「鬼叫外賣」為故事軸心。

不斷重複的外賣訂單
亡靈食客與無法解釋的屍體

傳聞在灣仔譚臣道的德安樓才是「鬼叫外賣」的正確地點。德安樓於 1967 年入伙，是一座七層高的住宅大廈，地面是商舖，位於譚臣道 93-103 號，有傳該大廈經常發生靈異事件。某日，某茶餐廳接到外賣單，要送上該大廈某單位，茶餐廳外賣員工到達該單位時，聽到一把女聲叫他推門入內，著他放下食物並取走桌上的紙幣即可。茶餐廳員工不疑有詐，回到餐廳時卻發現手上的紙幣變成陰司紙。如是者，同樣情況連續數天發生，茶餐廳老闆大怒，決定親自送外賣上該單位，最後結局大致相同。

大埔亦有一個「鬼叫外賣」版本傳聞，故事發生在 1989 年 12 月，一家名為「潮湧記」的茶餐廳接到外賣電話，對方要求了四人份量的食物送到喜秀花園別墅 (此地並不真實存在) 某單位。餐廳員工到達該單位時，對方只開了很小的門縫付款，並著外賣員把東西放在門外便可。當晚，當餐廳老

闆點算收入時，卻發現當中夾著一疊陰司紙，起初以為員工惡作劇，但是各個員工卻對此事劃清界線，沒有人知道這些陰司紙的來歷。第二晚同樣事件重複發生，餐廳再度收到這個單位的外賣電話，而當晚又再發現陰司紙，老闆開始懷疑這些陰司紙與這單外賣有關連，決定假如再收到這單位的外賣單，將會親自上陣去送外賣。果不其然，第三晚再度收到同樣的外賣單，老闆到達該單位門外，嘗試在門縫打開一刻，觀看單位內情況，但卻徒勞無功。他仔細看過錢沒異樣，暫時放下猜疑，回到餐廳繼續工作。當晚當他點算收入，發現這單外賣所收到的現金全變成了陰司紙，嚇得他立即報警。警員到該單立調查時，發現門鈴已壞，拍門亦沒反應，最後破門而入，赫然發現屋內地上躺著四具屍體，以及燒過的火爐和煤，估計是他們燒煤取暖，最後不知不覺間中一氧化碳中毒，缺氧至死。

其後法醫為他們驗屍，發現他們死去超過一星期，但胃內竟然有那茶餐廳的外賣食物。附近住戶亦表示期間一直聽到該單位傳出打麻雀的聲音，所以沒有發現命案，而茶餐廳發現的陰司紙上亦有兩名死者的指紋。後來附近住戶請來法師，指出該別墅位於陰氣極重之地，加上死者在沖煞之時死去，

因而並不知道自己已死去。

除了以上不同的「鬼叫外賣」傳聞，彌敦道 452 號還有一個相似卻比較少人討論的傳聞。傳聞彌敦道有一家木行位於 452 號附近，有一位年輕人在內打工，他聽聞住在 452 號四樓空置單位對面大廈的太太說，每天晚上都會看到該單位內出現四至五個身穿白衣的無頭靈體在打麻雀，十分嚇人。木行青年聽完太太的描述後，不期然經常觀察 452 號這個單位，可能由於青年只在白天上班，所以並沒有看見任何異象。然而，彌敦道 452 號的過往傳聞卻因時間久遠而逐漸被遺忘。

九龍東・九龍西

九龍 KOWLOON

No. 19

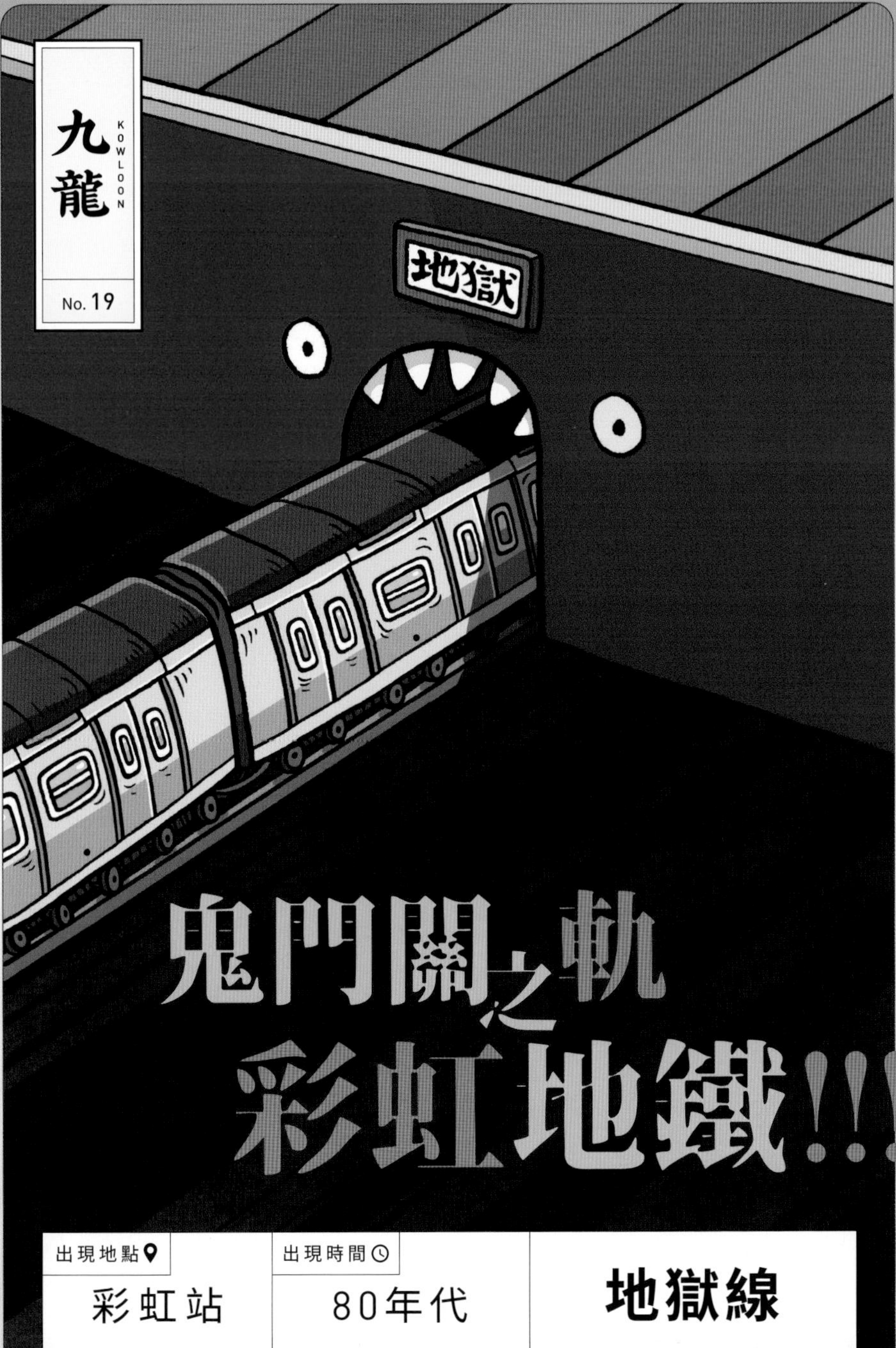

鬼門關之軌 彩虹地鐵!!!

出現地點	出現時間	
彩虹站	80年代	**地獄線**

彩虹站

CHOI HUNG STATION

地鐵修正早期系統
於 1979 年 10 月 1 日第一階段通車，
第一階段包括由觀塘至石硤尾站，
彩虹站是其中一個中途站。

◆◆◆◆◆◆◆

由於政府已在 1967 年發表的《香港集體運輸研究》中，計劃了東九龍線，該線路由鑽石山站經土瓜灣，過海到士林站，因此預留了彩虹站額外軌道作列車調度及連接九龍灣車廠用。在修正早期系統中，只有彩虹站擁有三條路軌，及設計成雙島式月台。列車在大部分的情況下，只會進入一號及四號月台，中間路軌只是在進出九龍灣車廠期間使用。東九龍線最後擱置，由沙中線取代。**林士站、屈地站雖然大致建成 [1]，但從未使用。**

◆◆◆◆◆◆◆

註

1　詳情請參閱《香港鬼怪百物語☉》內容「#17 屈地站、西營盤站」。

消失的列車與神秘失踪
接通地獄的第三軌

港府在 60 年代開始委托多個研究部門、實驗室、顧問公司等，就香港交通未來發展進行研究，推算人口增長，最後推出首個地下鐵路系統項目。由於首次興建該類型地下工程，市民從未接觸相關知識，不少傳聞在這環境下誕生。

傳聞彩虹地鐵站落成不久，即將通車前，數名英國工程師和本地車務人員首次為該站進行通車路軌測試，由彩虹站開往九龍灣站，行駛該段路程需時約 4 分鐘。當測試列車開出後，九龍灣職員準備就緒，在站內等待列車進站。但是等了一段時間後，依然沒有列車蹤影，他們嘗試用無線電對講機聯絡車長，無線電對講機卻好像機件失靈般，只傳來沙沙聲。

再一段時間後，列車終於出現，車上所有人卻顯得神色怪異，像受到嚴重驚嚇般，不但面無血色，更失去心神不能交

談，沒有人能夠知道他們這段時間發生了什麼事。由於他們精神狀態異常，車上所有人都被送去醫院治理，其後卻相繼離奇死亡。

這個傳聞其實有其他版本，有指列車在彩虹站開出後，便再沒有出現；亦有說列車終於到達下一車站，車上所有人卻如蒸發了一般，空無一人。無論哪個版本的傳聞，結局都是相同：地下鐵路公司據說請來法師，希望查探事件始末，有傳聞指彩虹站其中一條路軌接通了鬼門關，那列列車經由此路軌進入了地獄，引致事件發生。

最後，據傳地下鐵路公司決定放棄使用該條路軌，改而建造另一條路軌，因而形成彩虹站有三條路軌的情況。在網絡盛行前，一般普羅大眾均認為彩虹站中間的路軌是一條荒廢路軌，因而顯得更是詭異，接通地獄之說更是可信。儘管現代技術可以解釋很多現象，但彩虹站的這段故事仍然在市民心中留下一絲未解的陰影。

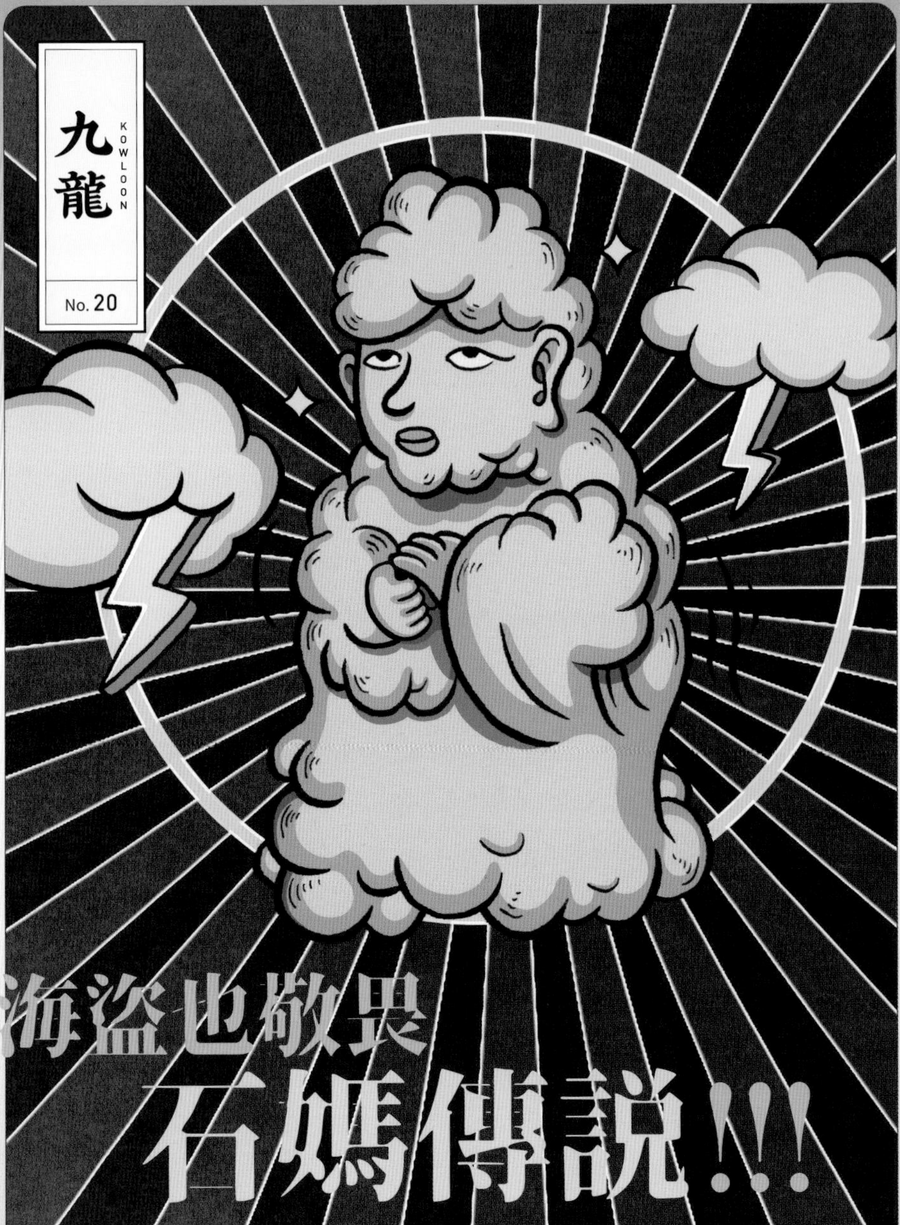
九龍
KOWLOON
No. 20
海盜也敬畏
石媽傳說!!!
出現地點
鯉魚門天后宮
出現時間
1953年
海盜天后

鯉魚門天后宮

LEI YUE MUN TIN HAU TEMPLE

鯉魚門天后宮位於油塘三家村附近海旁道的東段路上，

曾經坐北向南，背山面海，

但是現今的天后廟因為重修已變成背着海口，

遠望維多利亞港。

天后宮於 1953 年重修，期間於神座後的石窟發現一塊石碑，
碑上有鑴文：「天后宮，鄭連昌立廟，日後子孫管業。乾隆
十八年春立。」因而推斷出建廟時間為乾隆十八年（1753
年），由鄭成功後人鄭連昌海盜 [1] 所建造，但是部分學者對於
此段歷史與石碑真偽存疑。

註

1 鄭成功在永曆十五年 (1661 年，順治十八年) 退守台
灣，重新計劃反清復明。根據野史，一名叫鄭建的部下並
沒有追隨。由於鄭成功父親鄭芝龍是曾是海商兼海盜，鄭
建輾轉下亦再度成為海盜。鄭建死後，後人鄭連福與弟弟
鄭連昌成為新安縣的海盜首領，鄭連昌定據點為鯉魚門。
鄭連昌長子為鄭一，亦即張保仔養父。

都市傳聞 一

鯉魚門天后宮擁有眾多傳說，其中亦有不少關於建廟者的故事，充滿了靈異色彩。

傳說古時有一孕婦途經此地，發現一塊巨石搖搖欲墜，怕有滾下之險，便隨手拾起一塊合適的小石，放置在巨石下固定。就在此時，她看到巨石上有一小石洞，大小剛好容納一個天后娘娘神像，由於她希望該地得到天后娘娘保佑，便將神像放置在巨石內供奉，該地遂變成天后宮，這個石窟現在依然存在在天后宮內。

鯉魚門附近村落曾以採石業為生，傳說村民曾將龍脈中的龍頸鑿斷，村中隨即變得諸事不順、怪事連連。村內因而組織了一隊巡遊隊伍，並帶著特意請來的天后娘娘神像一同行鄉，怪事才終於平息，村民自此都信奉了天后娘娘。由於天后宮建於石群之中，天后娘娘一開始更是放在石窟內，加上村民以採石維生，村民習慣稱這尊天后娘娘為「石媽」。

捕捉神聖的瞬間
天后娘娘的顯靈證據

鯉魚門除了採石業外，傳說亦是海盜鄭連昌據點。某日，天后娘娘報夢給鄭連昌，勸喻鄭勿再搶劫殺人，鄭醒後，立即在鯉魚門建廟供奉天后娘娘。天后廟蓋好後，有傳除了用於祀奉天后外，亦是作為海盜的前哨站，監視海面船隻，以防敵人及官兵突擊。

由於鯉魚門是英軍重要防守之地，日軍入侵香港期間，鯉魚門更成為戰事主舞台，鯉魚門天后宮亦因此飽受戰火摧殘，建築物嚴重受損，隨時倒塌。1953 年首四個月，鯉魚門便有三宗沉船意外，坊間開始傳出是由於天后宮日久失修，天后娘娘法力大減。同年農曆四月，天后娘娘多晚報夢給廟祝，表示由於廟內斷瓦殘垣，天后娘娘座位漏水，天后宮亦快將倒塌，著其重修廟宇。廟祝醒來便在村內到處籌錢，可惜村民並不相信廟祝之言，加上當時民生困苦，籌錢重修廟宇不果。於是天后娘娘承諾於當月初五午時在天空顯靈，並表明會親自派遣專人來拍攝，同時也表明其他人不會拍到天

后娘娘的尊容。廟祝聽後與村長商量後，村長最後還是聘請了攝影師。初五當日，果不其然有個記者從石澳過來，對天空拍了 9 張照片，其中一張成功拍到天后娘娘，而村長請的攝影師則無功而返。事件發生後，大家深信天后娘娘顯靈，修建天后宮之事便順利進行，天后娘娘顯靈照片現今依然鑲在廟內碑上。修建期間，廟內神座後石窟內找到鄭連昌留下的石碑。

都市傳聞 二

鄭連昌是新安縣的海盜首領，聲勢一時無兩，其搶劫的財物珠寶更是車載船裝。對於他收藏的黃金珍寶，他曾埋言於其族譜內，供子孫尋找使用。謂：「三叉溝水，鯉魚疊石八尺高，黃沙是金子，祖先大事可重修。」可惜後人苦尋無果，位置至今依然成謎，但是相傳黃金寶藏埋藏於鯉魚門崖壁岩洞內。鄭連昌建廟的傳說深受當地人民的認同，被視為不僅是宗教中心，也是歷史遺跡的重要象徵。

停運的背後
靈異過山車！！！

出現地點📍	出現時間	
西九龍中心	90年代	**天龍過山車**

西九龍中心

DRAGON CENTRE

西九龍中心位於深水埗，
是區內最大型的購物商場，
於 1994 年 11 月 7 日開幕。
商場有九層高，以圓形天井設計，
逛一層需要繞着商場行一圈，
頂層是室內遊樂場「奇趣天地」，
擁有全港現時唯一一座的
室內過山車「天龍過山車」，但已停運。

◆◆◆◆►

除了九層的商場外，這座商場建築還有五層地庫停車場。整座西九龍中心最為港人熟悉的是「天龍過山車」及已結業的名將壽司。

商場土地前身是英軍軍營，在 1928 年開始使用。軍營佔地廣闊，覆蓋福華街、欽州街、通州街和東京街，分南京和漢口軍營，共有 140 間小屋，另有衛兵室和儲存室。其後政府發展深水埗區，開始填海及興建民房，1938 年停用軍營，1941 年

11 月卻因為日軍迫近復用，12 月香港失守，日軍俘虜了大約
7,000 名戰俘於深水埗軍營囚禁，他們主要是英軍，其餘包括
加拿大兵、印度兵、華裔軍人及香港防衛軍等。由於食物及藥
物不足，加上環境惡劣，引致各種疾病在戰俘營爆發，數百名
戰俘病死。

戰後，英軍重用深水埗軍營。1977 年深水埗軍營停用，當中
南京軍營關閉及改建。1979 年為配合「第一收容港」[1]，漢口
軍營被改為越南難民營直至 1989 年，其後該地改建成麗安邨
和西九龍中心。

註

1　由於越戰於 1961 年爆發，大量越南難民逃離家園。港英
政府於 1979 年簽署《日內瓦公約》，將香港列為「第一
收容港」。所有越南難民需要先由香港接收，其後再轉送
其他國家。

都市傳聞 一

自西九龍中心落成的第一天，便開始設有「天龍過山車」，大量市民慕名而來，更有不少名人曾經乘搭這座過山車。由意大利製造的「天龍過山車」懸掛在商場八樓及九樓天井位置，全程 254 米，最高時速為每小時 25 公里。由於過山車的緣故，商場在三樓及七樓均懸掛了安全網。

可惜，過山車在 2003 年突然傳出停運，不少市民深感可惜及意外，甚至希望商場能重新營運過山車。雖然「天龍過山車」已停運多年，但是商場至今卻依然保留所有設備，傳聞亦因此由然而生。

在過山車還在正常運作的年代，其實已開始有靈異傳聞出現，例如某人去乘坐過山車時，上車的時候見到全車載滿人，落車時卻發現只有自己一個。亦有不少人表示在乘坐過山車時，會感到有靈體在附近或覺得陰氣重重。營運後期，過山車已經較少啟動，可能是由於有商戶投訴過山車的噪音，或是熱潮已過、客人減少。這時傳出過山車在某個位置

經常有事故發生，懷疑是與靈異事件有關。有傳這些靈異傳聞觸動商場高層，最後要作出過山車需要停運這個決定。

過山車停運後，商場對外宣稱是因為美國發生了一宗室內過山車意外導致死亡事件，認為「天龍過山車」亦有潛在風險，因而停駛。這個解釋並沒有被廣大市民認同，因而傳出過山車停駛，是因為在運作期間發生了意外，導致乘客死亡。亦有傳過山車雖然沒有直接令客人意外死亡，卻間接連累某人身亡。傳聞在西九龍中心工作過的人都知道，有人在過山車路軌上吊頸而死。由於過山車停運後，商場不但依然持有相關牌照 [2]，車身及路軌更是原封不動，大量傳聞蜂擁而出。簡單的傳聞如：因為有市民看見過山車在行駛，所以傳出過山車將會重開。至複雜的傳聞如：沒有遊樂場員工願意夜班工作，是因為有人聽到停駛的過山車在晚上自行行駛。有傳有員工前往查看，雖然沒有發現乘客，但由其他員工口中得知是有靈體正在乘搭。

註

2　機電工程署發出的《機動遊戲機（安全）條例》使用及操作許可證。

過山車自停駛後，出現很多靈異事件，奇怪的是每當開車測試時，靈異事件便會即時消失，所以有傳直至現時仍然維持每日開車運行一次。自 2009 年，有多單跳樓自殺案[3] 在商場發生，有傳也是因為過山車停駛所致。

此外，由於過山車的停駛及保留，引發市民留意到商場的風水設計，傳出過山車不能拆，是因為它是整個商場風水其中最重要部份，不但用來聚金，更是用來鎮壓集中營時期的亡靈，作用猶如一個桶蓋。而圓形設計的商場，就如一個桶。加上商場正門對正汝洲街，猶如一把長劍直插商場，所以商場在正門建了兩條大白柱來擋去這把劍的煞氣。而看似凌亂、互相交錯的電梯亦是風水陣的一部份，有助守財星。亦有傳聞稱整座商場十分猛鬼，靈異事件更是越夜越激烈，商場每層格局更是因應不同靈體而定。

3　2009 年，58 歲男子在四樓跳下死亡；

2010 年，一名母親把女兒從七樓拋下，隨即再跳樓，母親身亡，女童被安全網承托救下；

2012 年，31 歲女子在七樓跳下死亡；

2014 年，80 多歲老翁在七樓跳下死亡；

2017 年，47 歲女子在七樓跳下死亡；

2017 年 10 月，65 歲男子在六樓跳下死亡；

2024 年，83 歲婆婆在九樓跳下，被三樓安全網承托救下。

都市傳聞 二

商場樓層的神秘安排
女廁、溜冰場和地庫鬼故事

傳聞是這樣的：一樓屬於游魂野鬼，所以需要經常舉行活動，令氣氛熱烈，增加人氣；二樓屬於日軍鬼魂，所以有日式餐廳；三樓是英軍鬼魂陣地，所以全是西式快餐店；四樓陰氣極重，因為有個鬼門在這層；六樓由於有個紅衣女鬼，所以租了給盲人按摩，因為盲人看不見女鬼。

還有另一傳聞同樣是關於商場六樓紅衣女鬼，地點發生在女廁。傳聞某日有位女士進入女廁，內裏有兩個廁格，她佔用其中一格。當她方便過後，卻發現廁格沒有廁紙，在沒有聽到其他人推門進出廁所的情況下，突然有卷廁紙從地下滾進她的廁格，她不疑有詐，拾起便使用。當她步出廁格，卻發現門外根本沒有人。而旁邊的廁格雖然鎖上卻沒有聲音，她從地下門縫往內看，亦看不見雙腳，正當她納悶之際，廁格內傳出沖水聲。為免尷尬，她先行前去洗手盆洗手，並打算在洗手盆向另一人致謝。在鏡內倒影，她看見另一人穿著紅

色小鳳仙裝，而臉部卻是空白一片，沒有眼耳口鼻，嚇得她奪門而出。其後，六樓女廁與男廁的位置互換，希望能以男性的陽氣鎮壓這道陰氣。

至於八樓的溜冰場，亦有故事。傳聞有員工在過了營業時間後，仍然能夠聽到有溜冰鞋劃過冰場的聲音；有保安在深夜時分，看見一個穿著古代服飾的女性在溜冰。

地庫停車場則被稱為整過商場最猛鬼的地方，傳聞有個保安在深夜兩、三點的時候，單獨在 B2 至 B5 巡邏，最後卻在內裏迷失，就像「鬼揞眼」般，無論如何也找不到出口回到 B1 的保安室。隔天，他立即辭職。

西九龍中心有如此多的靈異傳聞，除了歷史因素外，更傳聞有很多老一輩的深水埗居民看見在建造商場以前，這片土地發現了大量骸骨，工人還未起清所有骸骨，便急急忙忙進行工程所致。

天龍過山車

九龍

完

新界圖鑑

新界

屯門

新界
NEW TERRITORIES
No. 22

棄嬰與怨靈黑暗過去!!!

出現地點	出現時間	
三聖	1963年-現今	**鬼島老鼠洲**

三聖

SAM SHING

在古時，
位於新界西的青山灣是一個天然避風塘，
海灣被四周高山擋去大部分風，
海面平靜，加上港灣深闊，
大量漁船喜歡在此停泊，
三聖亦因此發展成一個墟市及村落。

1966 年政府開始積極發展屯門新市鎮，以應付人口壓力，青山灣成為該區主要的填海工程。經過數十年間的填海，原本廣闊的青山灣海域被收窄填平，把海灣對出的小島老鼠洲連接上，使老鼠洲成為內陸，工程亦將海岸邊崎嶇的石頭移除，變成適合發展的土地。青山灣大部分海域消失，中央部分改作河流大少，變成現今的屯門河，而未被填平的部份，則建成人工避風塘。三聖墟及棚屋村落三聖村，在發展其間亦被拆除及搬離，建成多個公屋及私人屋苑，填海後的青山至九徑山一帶土地則發展成現今屯門的市中心。由於新市鎮發展迅速，政府同時亦需擴建青山公路及增設其他高速公路。

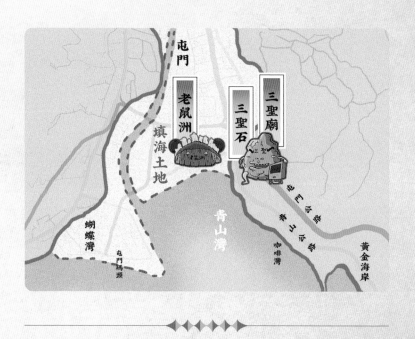

現今三聖墟的麒麟崗公園內有一塊名為《三聖石》的大石，大石高 3.3 米、闊 2.3 米，紀錄著昔日海岸線的位置，在大石以後約 2 米，便已是填海區域。而老鼠洲原址則在 2004 年被改建成兒童遊樂場，鄰近三聖輕鐵總站，離海岸線約 140 米。是全港首個以環保物料建造而成的公園，以中式帆船為主題。

焚燒的詛咒
遊樂場大火與怨靈糾纏

老鼠洲又名玉鼠島，在 1963 年 3 月 8 日，一則新聞報導「有數人因好奇，划艇前往老鼠洲，在島上發現多具半腐爛的骸骨，最後出動衛生局職員上島處理屍體」。經點算後，總共有 5 名初生嬰兒、1 名小童、1 名成人及 5 具狗隻屍體。

其實，本港老一輩漁民有一風俗習慣，假如船上有人過世，便會把屍體放在荒島上，任由屍體天然腐化。老鼠洲便屬於此類小島，其他地區如青衣、西貢等地亦據傳有同類小島。由於老鼠洲被漁民內定為棄置屍體地點，傳聞屍體吸引了大量老鼠到島上定居，小島因而得名「老鼠洲」。另有說法是由於小島外貌遠看像老鼠，才得名「老鼠洲」。

老鼠洲除了是漁民棄置屍體的地方，有傳聞指二戰時期，日軍將大量死屍棄置於島上，用作亂葬崗。戰後由於經濟未復甦，加上天災連連，市民生活艱苦，當時社會重男輕女觀念非常嚴重，傳聞水上人亦會把初生女嬰或患有嚴重疾病的小孩放在島上，由其自生自滅。亦有傳聞香港被麻瘋病肆虐期

間，漁民會將麻瘋病人放在島上，放棄為他們治療。因此，很早以前漁民已不敢靠近老鼠洲，說看見有靈體在島上揮手。若船太接近該處，會被同是水上人的靈體奪取船隻，並把漁民拖入水中，做其替死鬼。在 70、80 年代，更盛傳整個三聖也是一個猛鬼地，這與老鼠洲的存在有關。

當青山灣完成填海工程後，鄰近屋苑兆麟苑在 1994 年入伙，老鼠洲兩旁土地卻一直空置，居民諸多猜測，認為與傳聞有一定關係。直至 2004 年，老鼠洲兒童遊樂場終於落成，老鼠洲的小島部分風貌被保留下來。燈塔雖被拆除，但島上一個約 20 米高的小山丘卻沒有被填平，保留在兒童遊樂場旁邊。有傳是因為山丘上埋有大量白骨，如要填平，則需公佈可能發現的白骨，這勢必引起大眾恐慌，所以唯有保持山丘原貌。遊樂場雖然落成，附近居民依然對該地存有芥蒂。有傳遊樂場以船為主題，是希望安撫這些水上人兒童的亡靈，至於園內地標船隻則被傳是曾經放滿屍體的地方。有傳附近居民經常會聽到遊樂場傳出小朋友的哭聲，更在深夜時分，依然能聽到遊樂場有小朋友玩樂的聲音等。

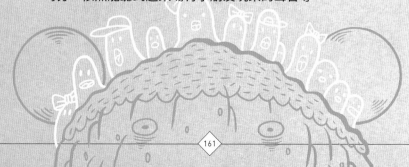

2009 年 3 月 22 日凌晨 4:00，遊樂場發生一場大火，消防員到場後需要 40 分鐘才能將火撲熄。大火把遊樂場內一艘長約 40 米的中國式帆船遊樂設施完全燒毀。消防署表示，起火原因可能是附近居民扔下煙頭引起，初步調查認為無可疑之處。然而，附近居民卻指出，曾多次見到有青年在船內聚集，吸煙玩火，因為之前已有三次失火紀錄，所以懷疑此次火警是人為所致。對於消防員在處理失火事件上的疏忽，部分居民猜測，可能是因為受到猛鬼傳聞的影響，消防員對此地區的靈異傳說感到忌憚，從而導致處理失火事件時不夠積極。

鬼島老鼠洲

不容侵犯
靈魂守護!!!

出現地點 📍	出現時間 🕐	三聖石
三聖	1976年	

爆破失敗
三聖石的神秘力量

三聖石又名麒麟石，位於三聖墟的麒麟崗公眾公園內，與老鼠洲兒童遊樂場相距約 350 米。青山公路因應公園繞路而建，政府進行青山公路擴建期間，曾計劃移除這座巨石，最後計劃擱置，大石前立下石碑，記錄填海工程的位置。其實，留下大石並改變青山公路原定企劃，背後有不少傳聞。由於該地是一個天然避風塘，曾有大量水上人聚居，他們為保出海平安，會進行「寄石」，把自己的魂魄寄存在石內。「寄石」實則是一個名為「藏魂寄石」的法科儀式，能把自己或某生人的魂魄寄存在五行之物內，即任何金屬、樹木、水、山頭等物亦可。這個儀式能提升運氣、化解疾病，在危險關頭更能夠保身護命。而青山灣內的漁民喜歡在三聖石進行「寄石」儀式，因為三聖石是附近最大的大石，他們希望能得到這麼穩固的巨石庇護，令出海作業更順利。當他們歸航後，亦會再到三聖石前供奉香燭誠心膜拜，感謝巨石保佑，使他們能夠安全歸航。因此，三聖石香火曾經非常鼎

盛。即使現在，每逢農曆初一、十五，依然會有人前來膜拜。

在 1976 年，政府移除三聖村一帶嶙峋大石，工程原本進行得十分順利，直至打算爆破該區最大巨石（三聖石）時，所有工人離奇不適，甚至生病，爆破大石時，大石竟然毫髮無損，卻流出血水。工人們久病不癒非常害怕，認為得罪靈石，反對再繼續工程。當時一外籍高官（有傳是當年新界政務司的鍾逸傑 Sir David Akers-Jones）堅決要繼續執行並親自指導工程，就在工程開始前一日，他兒子遭遇交通事故身亡，工程再度急煞停，高官終於相信靈石之說。由於靈石多次顯現神力，加上三聖石所在地非常接近傳聞多多的老鼠洲，居民相信巨石內住著老鼠洲的老鼠精，亦有人認為巨石內是附近山丘麒麟崗的鎮山之石，住著山中的山精，甚至有人認為由於「寄石」習俗，三聖村村長的靈魂亦寄存在石內，保護村落，所以只要有人對靈石心存妄動，便會遇上災禍。因此居民自發組織與政府對話，希望能保留神石。政府最終請教麒麟崗上的三聖廟執事，得出結論為保留神石，把青山公路原定規劃作出小量修改偏移，拉長公路繞過神石，美其名為記錄昔日海岸線。

中大

辮子傳聞
中大的靈異故事!!!

出現地點 📍	出現時間 🕐	
中大	60-90年代	**辮子姑娘**

香港中文大學

THE CHINESE UNIVERSITY OF HONG KONG

位於馬料水山頭的香港中文大學，

於 1963 年創校，

佔地 138.4 公頃，

是全港第二間大學，

亦是全港首間以中文教學的大學。

◆◆◆◆◆◆◆

港府原本打算在其他地方興建中文大學，但由於涉及搬遷多條大型村落，所以最後選址馬料水。當地原本除了一條小村落外，便是一片荒野，比較容易搬遷。1956 年啟用的馬料水站，亦因為中文大學的建成及首任校長李卓敏博士認為馬料水名稱不雅，於 1966 年改名為大學站。

中文大學起初由崇基學院、新亞書院及聯合書院合併而成立，其後增設逸夫書院、晨興書院、善衡書院、敬文書院、伍宜孫書院及和聲書院，合共 9 個書院，是香港唯一一間書院制大學，亦是首間突破「英國殖民地只允許一所高等學院存在」這個規定的大學。

◆◆◆◆◆◆◆

◆◆◆◆◆◆◆

此外，中文大學由於有法例《香港中文大學條例》表明其主要授課語言為中文，因此在 60 年代尾開始中文受到正視，1974 年更立法保證中文與英文有同等法律地位 [1]。

◆◆◆◆◆◆◆

傳說「馬料水」一名源於古時，該地曾有一條客家村落是從京城前往九龍城寨途經之地，不少驛差選擇在此休息補給。由於這條村落位近河邊，驛馬在停留期間喜歡在河邊嬉水，因此該地被喚作「馬嬲水」，該客家村落亦叫「馬嬲水村」。客家音「嬲」與粵音「料」近，加上筆畫效少，「馬料水」一名慢慢取代「馬嬲水」。

由於「馬料水」一名
容易被人誤以為「馬尿水」，
中文大學首任校長
因此去信港督戴麟趾
將地址中的「馬料水」，
直接改成「香港中文大學」。

註

1 在 1974 年以前，只有用英文書寫法律文件，才有法律效力。

「一條辮路」的背後
鬼魂徘徊的陰森校園

從 50 年代開始，大量難民湧入香港，當時港府並沒有任何實際的難民政策，既會收留難民，亦會作出遣返。直至 1974 年香港實施抵壘政策，規定所有由中國偷渡到港的市民，只要抵達市區（即界限街以南），就能得到香港居民身份，否則會被遣返。這批難民中有不少是來自中國，他們會經陸路或水路來港，其中一條陸路路線，是匿藏在由中國前往香港的火車內，等候適當時機，跳車進入香港範圍。香港中文大學最為人熟悉的「辮子姑娘」傳聞，其中一個版本，便是發生在這個時代背景下。

中大位於馬料水的山坡中，坡鄰唯一接連中國的火車軌道。傳聞有一位紮著麻花辮的內地少女，希望到港投靠男友，而匿藏在一列往香港的貨運火車中。當火車到達馬料水一帶，她滿心以為已進入香港市區，便從火車上一躍而下，打算逃離。可惜火車上某些機件卻把她的辮子夾住，由於下躍的衝力，加上火車前進的速度，她的面皮連同頭髮被扯下，慘死

於此事故。自此以後，她陰魂不散，經常在這條自己死去的路上出現，而這條路亦被稱為「一條辮路」。

另外，亦有一個版本的傳聞與此大同小異，只是火車換成巴士，而「辮子姑娘」並沒有即時死去，相反她在面皮與頭皮均被扯去的情況下，帶著血肉模糊的面孔，負傷一直走到中大的「一條辮路」才死去。關於「辮子姑娘」背景的傳聞，其實是在 80 年代以後才出現的。以前，大家對於「辮子姑娘」背景的設定相對簡單，認為「辮子姑娘」現身時穿著白袍，所以被傳身前是一個崇基醫療院的護士或工友。

而「一條辮路」（亦有稱作「辮子路」）的位置亦有好幾個不同版本，位置因應不同「辮子姑娘」背景的傳聞而定。版本一是位於大學站與康本國際學術園附近的池旁路；版本二是位於龐萬倫學生中心與蒙民偉工程學大樓之間的一段小車路；版本三是連接逸夫書院、教職員宿舍到崇基學院的環迴路；版本四是連接眾志堂與崇基牟路思怡圖書館的常青徑；版本五是連接聯合書院與新亞書院的情人路。儘管這些版本各有不同，無論是哪一條路，「辮子姑娘」的傳說仍然在中大校園內流傳不息。

至於「辮子姑娘」現身的傳聞，則是大同小異。在 1966 年，香港中文大學的校園小徑曾經發生一宗學生被刺死事件。當時有兩位學生正在回宿舍途中，卻遇上劫匪行劫，其中一名學生被刺死。其後，亦有女學生在大學火車站附近被騷擾，中大男學生曾經一度自行組織，在校內巡邏，護送女學生回宿舍。這些事件令中大學生十分注意安全，女生亦會盡量減少單獨在山徑上行走。傳聞某夜夜深人靜，一名男學生途經偏僻的「一條辮路」，卻驚訝地發現路上有一名女生單獨行走。由於這名女生走在前面，男生只能從後看見她扎著一條麻花辮。出於安全理由，男生追上前打算和女生搭話。當女生回頭時，男生赫然發現她沒有五官，而是另一條麻花辮。

前

另一版本是男生從後看，覺得女生應該樣子端正，繼而上前搭訕。當女生回頭時，卻發現她並沒有五官，面孔是空白一片。亦有一版本是男生看見麻花辮女生背對著自己，獨自在哭，於是上前詢問她哭泣的原因。女生答是由於沒有人願意和她說話。男生於是叫女生轉身，並表示自己能夠和她說話。女生則表明如果男生看到自己的樣子，一定會害怕。但是男生再三保證，叫少女不要擔心。最後當少女轉過臉來時，發現原來她根本沒有面孔，有的只是另一條麻花辮。由於遇見辮子姑娘並沒有時代背景限制，因此成為迎新營的熱門鬼故。

情人路的黑夜禁忌
鬼魅與雙頭怪的詛咒

中文大學的情人路是一條連接新亞書院和聯合書院的小徑，除了被認為是「一條辮路」外，也因分別住在這兩院宿舍的情侶常在此道互相目送而得名。情人路非常窄，兩人若要並肩而行，必然需要更多身體接觸，因此看起來彼此之間會顯得更加親密，就像情侶一般。

雖然情人路有許多溫馨的說法，但也流傳著恐怖的禁忌。據說若在晚上獨自行走，可能會遭到鬼魅捉走，因為這是一條只能雙人行的小徑。另外，還有傳聞晚上會出現「雙頭怪」，在這條路上四處遊走。雖然這隻「雙頭怪」從未傷害過任何人，但大家卻被牠怪異的外表嚇得魂不附體。儘管「雙頭怪」最常出現在情人路上，但也可能會在中大的其他地方出現。

從未 斷裂
情侶 湯!!

出現地點 📍	出現時間 🕐	
中大	60-80年代	宿舍牛尾湯

吊下來窗外
鬼怪宿舍的永恆湯

從 1950 年代開始，香港中文大學因書院合併而形成，各書院均設有獨立的學生宿舍，遍佈於中大的山頭上。部分宿舍設計為男女同棟，女生宿舍在上層，男生則在下層。傳聞中有一對情侶就住在這樣的宿舍中，女方正好住在男友的房間上層。他們起初感情甜蜜，由於男友經常為了溫習而忙碌，女友每晚門禁後會從窗口吊一碗牛尾湯給男友品嚐。然而，隨著時間推移，他們的感情逐漸變淡，最終分手收場。男友拒絕再喝那碗湯，但女友卻持續每晚吊下來。過了一段時間，男友偶然發現女友已在分手後自殺身亡。儘管如此，湯依然每晚如期而至，從未間斷。

這個故事有多個變奏版本。有一個版本指男友拒絕了好一段時間，湯突然停止送來。過了一段時間，湯卻再度出現，引起了男友的好奇心，他去查看時發現湯碗內裝著女友的頭顱，嚇得他當場昏倒。

另一個版本中，這對情侶都是醫科生，由於考試和學業繁忙，有一段長時間沒有見面。當時科技不發達，他們只能靠每晚那碗牛尾湯來維繫感情。當考試結束後，男友急於探望女友，卻得知女友在一個月前因病去世。男友傷心不已，同時回憶起這一個月來，湯依舊如常地送下來。

還有一個版本描述這對情侶相當恩愛，女友每晚都會送湯給男友。但他們在旅行期間遇上盜賊，男友為了保護女友不幸身亡。雖然女友平安度過，但失去摯愛後變得悲傷消沉，最終也離世。兩人去世後，新來的學生住進他們的宿舍，樓下的男學生發現樓上的女學生每晚會吊下一碗牛尾湯。男生誤以為女生對他有意思，便上樓找她，但卻沒人應門。男生後來發現，這間房間其實無人居住。此外，還有故事的變奏，描述男生上去找女生後，女生認為男生白撞，借故接近自己，因而罵了他一頓，無辜被罵的男生只好去問宿舍管理員，最後得知前住戶的故事，嚇得他病倒，並立刻搬走。

故事除了本身變奏似情況，出現多個版舍、新亞書院的某幢仍會有牛尾湯出現。

外，亦有與「一條辮路」相本，包括聯合書院的伯利衡宿宿舍及明華堂，傳聞這個房間

都市傳聞 二

111 號房的詛咒
血色地磚與自製致命裝置

這個宿舍傳聞固定在新亞書院的志文樓，故事發生在 80 年代末，一名電子工程系學生和一名醫科生一起住在志文樓 111 號房。某夜，電子工程系學生獨自在房內，因為無法忍受功課和考試壓力，便利用平時課堂上用到的裝嵌電路板工具，將所有的銅線、電池和鬧鐘等接駁電源，自製了一個致命的裝置。他先如往常一樣睡在床上，然後連接上這個裝置，當時間到時，裝置自動通電，導致他電死在床上，血流滿地，甚至染紅了地磚。第二天，自修室通宵溫習的醫科生回到房間，發現同房的電子工程系學生一動不動地躺在床上，以為他還在睡覺，直到一整天過去後才驚覺他已經死去，自己竟伴屍一整天。隨後醫科生因此事件精神失常，被調離這個房間，而校方為了避免其他學生受到影響，重新編排了所有房號。傳聞中那塊染紅的地磚至今仍存在，任何有這塊紅地磚的房間就是當初的 111 號房。

這個傳聞還有其他版本，第一個版本中，電子工程系學生並非因功課壓力而自殺，而是因為感情問題。故事的其他部分大致相同。另一個版本則大不相同，並未明確指出是電子工程系學生和醫科生，只描述其中一名學生沉迷於玄學哲理。某夜，這名玄學沉迷者問他的室友：「你認為人死後會去哪裡？」室友不以為意。隔日，室友忙碌了一整天回到房間，發現玄學沉迷者早已用自製的鬧鐘自殺裝置電死在床上，屍體旁留下了「I'll be back.」的字句。

最後，亦有傳 111 號房的房號形狀像三支香，早已暗示了這個房間的不祥之兆。

都市傳聞 三

蒙民偉樓升降機
探訪謎之荒涼樓層

建在山坡上的蒙民偉樓亦有傳聞。這座大樓連接了新亞書院與本部，成為許多學生的必經之路。主要透過大樓的升降機，從地下一樓到七樓或相反，其他樓層很少有人接觸。加上通往電梯大堂的通道燈光昏暗，各種傳聞開始流傳。據說曾有人在頂樓被強風吹走，當時大廈並未安裝欄杆，導致這人直接墜樓身亡。因此在地下一樓等候升降機時，可能會聽到巨響。大樓內設有四部升降機，但只有一部會停留在二樓，而二樓的樓底相當高，升降機從二樓上升到三樓比其他樓層需要更長時間。由於，二樓一直閒置，引發猛鬼的傳聞，更有傳言說樓內有一個亂葬崗，禁止進入。大部分學生乘坐這座升降機，無法前往其他樓層。有傳言說某些樓層（如四樓或五樓）的升降機門一開，內部只會有荒涼的石屎牆。

女鬼小姐，幾多點?!!

出現地點 📍	出現時間 🕐	
中大	60-80年代	荷花池女鬼

就在午夜 12 時前
未圓湖淒涼的愛人等待

荷花池「未圓湖」位於大學火車站與「一條辮路」的池旁路之間，原先是馬料水村名字由來的農地和河流。最初被稱為荷花池，與香港大學的同名池塘相對應，後來才改名為未圓湖。傳聞中，未圓湖也有女鬼出現，這故事與香港大學荷花池的傳說非常相似，甚至有說法認為，跳落中大未圓湖的人會在港大荷花池走出來。

未圓湖和港大荷花池最著名的傳聞，是有女鬼在午夜 12:00 出現在池塘邊，當有人在這個時間經過時，女鬼會上前詢問時間。如果回答了女鬼的問題，她便會記起愛人沒有如期出現，老羞成怒，把該途人拖入池底，使其溺斃。女鬼的背景傳說有幾個不同版本。首個版本說她生前是一名女大學生，與一名男同學相愛，但戀情受阻，她最後在午夜 12:00 在荷花池自盡。第二個版本則指她與一名男教師苦戀，她在某夜等待多時後，過於傷心而跳池自殺。第三個版本則未提及背景故事，只說她在某夜等待男友時發現其與他人相約，結果心碎自盡。

無論是哪一個版本，她都是因等不到愛人而絕望自盡，成為鬼魂來到此地，繼續等待愛人。每當有人回答她 12:00 已過，她便重複經歷失約的痛苦，因而將路人置於死地。

現時，未圓湖旁設有警告牌，提醒遊客禁止游泳和不准喧嘩等，一些人相信這是因為水底有鬼魂存在，因而設立的警告牌。

禁忌通行
太極門!!!

出現地點📍	出現時間	
中大	2000年代	門

圖書館前的神秘雕像傳說
穿越百萬大道的詛咒

在中文大學圖書館門口有一個廣場，稱為林蔭大道，卻被學生改作「百萬大道」。俗稱由來，傳聞是因為大學花了百萬元去興建，也有說是因為地上鋪了百萬塊階磚，或者階磚回紋圖案象徵「萬象重生」。在「百萬大道」與圖書館之間有一座抽象雕塑，名為「門」[1]，出自台灣雕塑家朱銘的「太極系列」。據聞這座雕塑放置於圖書館門口，其實是因為「百萬大道」煞氣太重，彷彿一把劍直插圖書館，故以「門」來擋去這些煞氣。然而自從放了「門」後，卻影響了圖書館管理員，有傳兩名圖書館職員因為抵受不了「門」的邪氣影響，突然過世。亦有傳雕像並非象徵太極，而是兩人在自由搏擊，一人以腳踢另一人心臟，另一人則以手阻擋腳踢。因為如此，兩任圖書館館長因心臟病病逝。所以圖書館在2002年進行翻新工程，翻新後圖書館內再沒有座位對著正門方向。

除此以外，這座「門」還有另一傳聞。只要在其底下穿過或觸碰過雕塑，就會發生意外或得到重病，不能畢業。傳聞有一畢業生剛在「百萬大道」進行畢業禮，領取畢業證書，認為自己已畢業，這個詛咒對自己再無影響，故意穿過雕像。不料他還未離開「百萬大道」，便在旁邊的馬路遇上交通意外，過世身亡。有傳因他未完全離開畢業典禮，詛咒仍能生效。這個詛咒其實有解決方法，傳言只要從正面穿過它，再由背面穿過一次，詛咒不僅解除，更能一級榮譽畢業。但不幸的是，從未有人能確定那面是正面，那面是反面。除了這個解咒方法外，還有另一破解方法，從圖書館旁的一條高且斜、每層高度不均、梯階極窄的樓梯，俗稱 PK 梯[2]，從上滾下去，也能解咒。另外，也有人說只要第一次穿過「門」，立即進入圖書館，再立即由圖書館出來，反方向再多次穿過「門」，也能成功破解。

註

1 2006 年朱銘到港保養「門」，及後重新命名「仲門」，大部份學生沿用舊稱。

2 PK 亦即廣東話拼音 Pok Kai（仆街）的簡稱。 這裏所指，是容易令人跌倒的樓梯。

大埔

爸爸的童年在大埔馬窩度過，

我和他的逸事中，

偶爾聽到他懷緬兒時遊玩過的地方，

他說：「無論生活如何，童年都是快樂的。」

 藉此以作記念
豚肉窩貼 Nicky 爸爸
1953-2021

墮入猛鬼湖怒水橋!!!

出現地點📍	出現時間🕐	
大埔滘松仔園	1955年-現在	**猛鬼橋**

大埔滘松仔園

1910 年 10 月 1 日，
隨著九廣鐵路（英段）通車，
大埔站亦啟用。
由於當時使用的是蒸汽火車，
火車在尖沙咀開出後，
駛到大約大埔滘便會用光所有水，
火車需要添加新的用水，才能繼續發動前進。

因此，大埔站成為了一個重要的加水站，而水的來源便是松仔園蓄水池。除此以外，大埔站同時是一個交匯處，它旁邊有個大埔滘碼頭，能夠轉乘「大鵬」號輪船往西貢及新界東北離島，如大鵬灣、鯊魚涌等地。由於大埔站距離大埔墟市尚有一段距離，九廣鐵路在 1931 年增設大埔墟站，以方便前往墟市的乘客。為免混淆這兩個車站，大埔站於 1965 年改名為大埔滘站。70 年代，馬料水碼頭落成，大埔滘碼頭開始式微，導致九廣鐵路決定在 1983 年取消大埔滘站。

大埔滘自然護理區原稱為大埔滘植林區，是政府在 1926 年為整個新界植林[1] 計劃的一部分，內有超過 100 種原生及外來引進的樹木品種。植林初期，港府先在大埔滘的山腳處種植馬尾松（又稱山松或青松），由於這種松樹是松科中生長速度最快及生命力最頑強，又是一種常綠喬木，便於植林計劃，港府為增加植林成效而大量種植，其數量之多更令附近居民稱該山頭為「松仔園」。其後，政府在該區引入台灣樟、杉、相思和白千層等香港植林常用樹，加上該區原本有的山蒼樹、槭藤子及楓香等，令該地變成一個天然資源豐富的地方。在 1977 年，松仔園更被劃定為全港首個特別地區，保護自然生態，與一般康樂設施較多的郊野公園有所區別。整個特別地區面積達 460 公頃，有四條步行徑及一條自然教育徑。四條步行徑以不同難度及不同顏色區分，分別為：紅路（3 公里）、藍路（4 公里）、啡路（7 公里）和黃路（10 公里）。這四條路徑成為不少植物學家、生物學家和大自然愛好者常到及進行研究的一個地點。2016 年，本地樹木及真菌學專家鄧銘澤博士更在區內發現及基因鑑定到本港首個「發光菇」南比新假革耳（Neonothopanus nambi）。

註

1　香港開埠初期，脈較為荒蕪，港府為了改善炎熱的環境，進行了大規模的植樹工作。大埔滘是整個新界地區中最早的植林地點。

瀑布下的消失者
深水歸宿的死亡追溯

松仔園山的猛鬼傳聞在 50 年代開始廣為人知，那裡不但有一個「猛鬼湖」，更有一條眾所周知的「猛鬼橋」。鬼故事卻在更早以前已傳出，據傳在戰前 20 世紀初，水務局[1] 打算為山上蓄水池修建水壩，卻突然遇上山洪暴發，把下游正在游泳的數十名工人滅頂。自此以後，下游的山澗深潭發生不少靈異事件，每年必有溺死命案發生，人們便稱該處為「猛鬼湖」。「猛鬼橋」[2] 原本是指馬料水的一道橋，由於政府修葺馬路，早已消失。由於早期香港人喜歡統稱所有危險的橋為猛鬼橋，所以轉喚相隔不遠位於大埔公路 14 咪半[3]，原稱松仔園大水坑橋為「猛鬼橋」。該橋位於「猛鬼湖」上，全橋長約 50 尺（約 15.24 米），道路既窄且彎，是大埔道一個交通黑點，每年都會發生奪命交通意外，無數車輛被撞落橋底。早在 1949 年 6 月 5 日晚上，已經有一宗的士墮岸事件導致司機與男乘客受重傷，女乘客即場斃命，當時報紙則以「猛鬼橋畔的士墮岸」為題報導。

1955 年 8 月 28 日下午，「猛鬼橋」發生一宗慘絕人寰的大悲劇，28 人身亡、數十人受傷。報章連續多日報導後續發展，「猛鬼橋」一名更迅即烙印在全港市民心中。1957 年一套名為《猛鬼橋》[4] 的恐怖電影上映，雖然故事與這宗慘劇毫無關係，但可見「猛鬼橋」一名的流行程度。

慘劇發生當日為盂蘭節前三日，早上天朗氣清，加上該日為星期日，不少遊人專程到風光明媚的松仔園郊遊。當日遊人主要分為三組人，有來自灣仔聖雅各學校學生、九龍區多間書院童子軍隊和香港鐵路局職員眷屬。聖雅各學校的學生正作為期一週的露營，當日為完結前一日。原本 60 多人的師生團隊分成兩隊，年紀較大的一組約 20 多名男生與一教師在「猛鬼湖」暢泳，其餘女生與年幼的學生則在 40 分鐘路程距離的大埔孤兒院營地。九龍區童子軍隊亦同樣進行露營活動，他們在 26 日已到達大埔宿營，人數並沒有資料記載。香港鐵路局職員眷屬以私人名義出遊，他們約齊數個家庭，一行 17 人打算與慣常一樣到松仔園野餐及遊山玩水。當日下午一時半開始，山頂先是烏雲蓋頂，出現豪雨，山腳卻依然天晴。由於上游由金錢洞、蛤蟆落井與石寮洞三條溪澗匯集而成，豪雨令溪澗匯集成巨流，一直湧到蓄水池，水位越過水壩，與此同時黑雲慢慢覆蓋整個松仔園，但是沙田

與粉嶺卻依然陽光普照。當時有部分學生在「猛鬼橋」下避雨，部分人則依然在湖中暢泳。由於橋下是排洪的位置，與橋下水潭約有 30 餘尺（約 10 米）距離，期間遍布大大小小的石頭。當洪水湧至時，這個排洪位置立即變成瀑布，把橋下避雨的學生沖走，即使他們沒有撞上石頭，亦難免因為高處墮下而昏厥，生存機會渺亡。最後慘劇導致 28 人死亡，用了 5 日時間才找回所有失蹤者屍首，部分屍首被沖到海邊的火車橋下。死者年齡最少是 9 歲，最大是 45 歲，大部份為 10 多歲的學生。

傳聞慘劇發生後，該區變得十分猛鬼，住在附近的村民每晚會聽到有人敲門、孩童求救哭喊聲等。由於事故發生的地點與當年水務局工人滅頂意外相同，村民認為有可能是「搵替身」現象。而意外發生在 28 日，死者有 28 人，對於這個巧合，村民們無不感到詭異。為了平息靈異事件，新界鄉民舉行了一場大型超幽大會，大埔七約鄉公所更立了名為《怒水橋洪流肇禍記》的石碑以紀念亡者及警惕後人。立碑的同時，大水坑橋亦被正式名為「怒水橋」，取名來自發怒般的山洪暴水。亦有傳這場超幽大會與立碑是在慘劇一年後發生，因為期間發生了大型奪命意外，村民懼怕是靈體「搵替身」，為求安心所以才舉行這場法事。

猛鬼橋上路人截車呼喚
靈異乘客神秘的小姊弟

1956 年 3 月 9 日，一輛載滿碎石的貨車在 13 咪半失事翻車，跌下 300 尺（約 91.4 米）山坡，1 死 5 傷。由於猛鬼橋經常發生車禍，路面既窄且彎，形成一個死亡彎位，政府於同年 6 月決定拆毀猛鬼橋，並將道路拉直，工程在 1961 年 4 月完工。期間，傳出一個厲鬼坐霸王車的傳聞。據說，某個狂風驟雨的深夜約 12 時，一輛的士空車由市區入新界，途經猛鬼橋，看見 4 名男女冒雨在路邊截車，表示要前往粉嶺。他們上車後，司機如常地駛往目的地。到達目的地後，司機正打算轉身收取車資時，卻聽到車門打開的聲音，而不論車內或外，亦沒有任何人影，司機才驚覺自己撞鬼，嚇得連忙駛回家。除了這個故事外，亦有不少司機表示在猛鬼橋一帶看見小童截車，當司機好心打算載上這小童，卻發現小童在車內消失不見；或在夜間看見路邊有一群群的白色人影晃動；或是看見橋下有小朋友在招手。

雖然舊猛鬼橋已拆，並不表示車禍消失。新猛鬼橋落成後，依然偶爾發生奪命交通意外：1964 年 6 月 8 日，的士與私家車相撞，1 死 6 重傷。1967 年 9 月 7 日，運菜貨車翻落懸崖，6 死 8 重傷。1968 年 1 月 31 日，私家車墜岸，1 死 1 傷⋯⋯

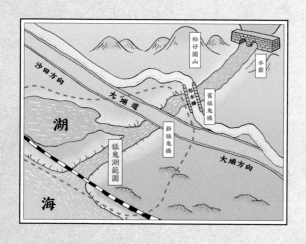

物換星移，隨著科技進步，猛鬼橋慢慢演變成現在這條公路，猛鬼湖亦在 90 年代消失，改建為大型屋苑「滌濤山」。雖然道路變得安全，但車禍依然時有發生。近年來最嚴重的一宗猛鬼橋車禍，是發生在 2018 年 2 月 10 日黃昏 6 時許，當時一輛雙層巴士翻側，造成 19 死 65 傷。該輛巴士

為 872 號線，由馬場開往大埔方向，據目擊者稱由於巴士司機與乘客發生口角，深感不滿影響情緒，導致超速駕駛，最終在猛鬼橋翻車。意外發生後，不少人相信意外是靈體作祟，由於 1955 年山洪暴發事件太慘絕人寰，靈異傳聞多年來亦沒有間斷，加上意外頻繁，「搵替身」之說不絕於耳。

80 至 90 年代曾經有女星接受訪問，表示另一女星好友小時候在猛鬼橋亦遇到靈異經歷。當時是 70 年代中期，女星尚是 7、8 歲小孩。某日傍晚，她坐父親駕駛的私家車，途經猛鬼橋，見到一對年約 5 至 7 歲的小姊弟在路邊截順風車，彷彿迷了路。父親最初以為是附近村民，把他們接上車後，卻發現他們的目的地竟是灣仔。由於他們原本亦需要過海，所以亦算順路。路途上，女星與這對小姊弟玩得非常盡興，遊玩期間亦有身體接觸。到達目的地後，父親為他們三個拍了張照片，以紀念這個緣份。多年後女星長大成人，收拾房間發現這幅照片，相中自己依然天真無邪，但是站在她左右兩邊的小姊弟卻已長大成人。女星看到這張照片後，嚇得慌忙把照片燒了。

多年來有不少人討論、研究，甚至創作關於猛鬼湖的種種傳聞，商業電台在 70 至 80 年代推出了《怪談》系列[5] 廣播劇，其中一輯便以猛鬼橋為故事背景來創作。近代不少靈異電視節目、網台靈探活動亦會到松仔園拍攝。2012 年，康文署主辦的社區文化大使活動更推出了一首由元朗區工作坊（工業福音團契元朗惠群天地）唱作的《猛鬼洪水橋》，來講述 1955 年這宗意外，而這首歌亦反映出部分近代人已把洪水橋和松仔園猛鬼橋的故事混為一談。

註

1. 水務局是工務司署其中一個部門，於 1981 年被分拆出來，正式成為水務署。

2. 香港有 4 條「猛鬼橋」，包括柴灣大潭峽石橋、半山羅便臣道、天水圍洪水橋及大埔滘松仔園，最為多代人耳聞的便是松仔園這條。

3. 大埔公路又稱舊路，是新界第一條公路，與青山公路形成一條環迴公路，詳情請參閱《香港鬼怪百物語⇔》內容「#17 屈地站、西營盤站」。

4. 粵語長片《猛鬼橋》1957 年上映，導演謝虹，主演新馬師曾、吳君麗、譚蘭卿、許英秀、劉克宣。

5. 廣播劇《怪談》（第一季）第 26 輯《猛鬼橋》，聲演楊廣培、翠碧、甄錦華、朱雪梅、馬淑逑、莫佩雯。

大埔頭

TAI PO TAU

在 50 至 60 年代，
大埔是香港的郊遊景點，
不但有大埔站的松仔園公園，
還有大埔墟站的摩囉潭、桃源洞等等的山水潭，
景色優美怡人，
附近亦有準備擴大成現代化城市的墟市。

當時香港人口急升，儲水量不足以應付人口膨脹，多次實施制水。當時在大埔的淡水潭暢泳是一項十分吸引遊人的活動，免卻海水泳後要清水沖身的奢侈消耗。

大埔墟站亦即現在的香港鐵路博物館，在當時的「太和市」[1] 旁邊 (亦即當時的大埔頭)。1910 年九廣鐵路 (英段) 通車，全線只有五個車站及一個臨時旗站，分別是尖沙咀站、油麻地站、沙田站、大埔站 (大埔滘站)、大埔墟旗站及粉嶺站。由於大埔墟旗站只是個臨時站，不會停車，每當有火車經過時，便會有職員在月台上揮動旗杆。

1913 年，九廣鐵路在原本的旗站以北加建車站大堂，車站分南北兩面出口，北面出口接漢家路錦山方向，南面出口接泮涌[2] 及碗窰谷地 14 條村莊[3]，泮涌成為 14 條村莊必經之路。1983 年大埔墟火車站啟用，取代原來舊車站。舊大埔墟站由於是全線唯一一個中色建築車站，因而被保留及改建為香港鐵路博物館。

註

1	當時大埔有兩個墟市，舊墟是大步墟，在 1672 年（康熙十一年）申請立墟，新墟是太和市，在 1892 年才設立，兩個墟市只有一河之隔。舊墟現已消失，太和市亦由於變得繁盛，加上火車站的名稱，逐漸被稱為「大埔墟」。
2	古名涅涌。
3	村莊為桃源洞、白橋仔、陶子峴、山塘、馬窩、荔枝山、上碗窰、下碗窰、新屋下、羊山洲、元墩下、老劉屋、打鐵岰、燕岩。

都市傳聞 一

於大埔墟站落車向南出口步行約 20 分鐘，便能看見數十家
住屋，這便是泮涌，又名湴涌。在 80 年代以前，村前方是
海邊，旁邊有景色優美的溪澗，是一個鹹淡水交界之地，因
而被命名「泮涌」。「湴涌」一名發現於村內文物上，被後
人估計為泮涌的古名。泮涌在 1688 年出版的《新安縣志》
已有記錄，以漁業為生，曾是大埔區內最大村落。

80 年代泮涌曾傳出一宗靈異事件，某夜凌晨時分，一架小
巴駛到村中，小巴本屬元朗，路線與大埔風馬牛不相及，但
卻有一班人出現，對司機表明要包車到泮涌，司機原本亦有
猶豫，但是由於當晚並沒有生意，為了生計，只好答應。這
趟旅程本來亦算順利，當駛到目的地附近時，車內所有人卻
突然消失不見，司機大驚，在村內停車擾攘，吵醒了不少村
民，引來圍觀。村民聽罷，認為是不祥之兆，決定在數日後
路祭，以安撫靈體。路祭當日，小巴司機沒有出現，原來發
生了這件事後，他嚇得不輕，在這幾天中心臟病發身亡了。

泮涌的鬼魅潭水
井源娃娃魚奇怪消失

除了這個傳聞外，泮涌有個更歷史悠久的傳說。村內有一四方古井，這井在村民心中無比特別，據說喝了井水便能無病無痛，由於井水清澈，冬暖夏涼，曾被多代人所賴以維生。在 1964 年香港經歷旱災期間，村外人士亦會到此取水，人數之多更導致井水一度乾竭。井位於路旁一大石邊，井前是一小片空地，該井並沒有圍欄，一邊依傍大石，三面呈中空狀態。大石旁邊祀有 **井神** [1]，近代井旁更放有一對 **鯉魚雕像** [2]，水中有數尾鯉魚暢泳。井內終年有魚，魚的種類及數量會隨著時間變化，但是井中既沒有其他水道相通，亦沒有居民放魚在池中，來源一直是個謎。居民相信魚的出現是一種啟示，假如井中魚死去，則代表水質不宜飲用。據傳有一班年輕的村民曾在井中捉到一尾達三至四尺長的鯉魚，大家對處理這尾巨魚眾說紛紜，迷信的一眾認為此鯉魚早已成精，理應放生；百無禁忌的一眾則認為民以食為天，醫飽肚子最重要。雖然井內的魚大多無故出現，但是亦有一例外。

曾有人偷偷由內地找來一條娃娃魚，原本想以食材放售，但是大家害怕觸犯法例，沒有人接手，最後娃娃魚被放到井中，再過了一段日子便消失了。

水底眼晴
秘探摩潭!!!

出現地點 📍	出現時間 🕐	
摩囉潭	50-80年代	**大漩渦**

桃源洞的神祕生物
魚王水鬼石棺秘密揭露

落火車到達泮涌後，會見到一間學校，然後沿小路走會到一條石橋，過了石橋轉右，便會見到溪澗，經過大大小小的潭就會見到，當中最為出名的是摩囉潭和上游的桃源洞。

摩囉潭原名摸螺潭，據傳曾經在 50、60 年代制水期間，有一班印度籍的警察經常在此游泳沖涼，當時本地人會稱呼印度人為「摩囉差」，而「摸螺」音與「摩囉」相近，因而被改名作摩囉潭。摩囉潭約有 25 米長，寬只有數米，近岸水深及胸，另一邊則水深沒底。潭邊有一巖石，不少人喜歡在石上跳水，但是池底深淺不同，不少不熟地形的遊人因而受傷。事實上，摩囉潭在村中早已出名猛鬼，每年亦會有人在潭中喪命，村民從不在此游泳，老一輩亦會告誡村中小孩那裏的危險性。所以只有村外人才會不識好歹，跳入潭中暢泳，更把這潭列入旅遊書中介紹，所以喪命的只有村外人。

傳聞這潭很猛鬼，是因為很久以前，曾經有人在潭中死去。自那年開始，便有冤魂「搵替身」，每年死一人，男鬼會找女性，女鬼會找男性，因此無人能倖免。亦有說在 60 年代初，有一男孩原本水性極佳，因為潛入潭底石洞，洞身很窄，沒有轉身的空間，令他卡在石中，最後不能上水換氣致死，自此每年「搵替身」。兩年後，有一小女孩在潭中浸死，打撈多個小時亦不成功，最後需要村主席親自潛入潭中，揪著死者的頭髮，才能把屍體帶上岸。

除了水鬼搵替身的說法，也有說水潭出現大漩渦，把泳客吸進潭底浸死，還有說潭底有一水道通出泮涌，潭底有石棺材、水馬騮及魚王。水馬騮並不是指現代生態缸那一種，而是另一種不明生物，牠們非常有力，也會吸人血，傳聞在廣州附近亦有出沒。村民認為摩囉潭的水馬騮是躲藏在潭底石洞內，有傳有專家特地潛到水中，尋找水馬騮，最後竟然找到一條鰻鱺目 [1] 的怪魚。亦有人說水馬騮就是定風猴，相傳只要帶定風猴到船上，不論遇到什麼風雨，船定必能逢凶化吉，永不翻沉，是「定」下「風」來的「猴」子。

摩囉潭大漩渦

魚王的傳聞，可能源自某年夏天的一場大雨。那時洪水暴發，把一尾比成人還要長的魚，沖到潭中淺水處，眾村民合力圍捕牠。牠全身充滿銀色鱗片，眼睛有如電筒那麼大，魚尾則像葵扇般展開。捉到魚的村民把鯉魚殺掉後，平分眾其他村民。有人拿到魚肉後，原本打算用來加餸，卻被家人指責，指此魚可能早已成精，殺魚會招來厄運，如果連魚肉也吃，後果更不堪設想，最後村民嚇得把魚肉拿去餵狗。

除了摩囉潭外，上游幾個潭亦同樣猛鬼，曾經有位道友 [2] 在其中一個潭釣魚，最後竟然被魚拉入水中石洞浸死。而上游桃源洞旁邊有一觀音廟，名叫水月宮，有說此廟的其中一作用是鎮壓水鬼。

其後因為大埔發展，這幾個水潭被抽乾填平，潭底除了石洞外，甚麼也沒有發現，而這幾個潭則變成運頭塘邨近巴士站附近的土地。

註

1　是一種魚的品種，鰻魚亦是鰻鱺目。

2　指吸毒人士。

新界

完

都市傳說、民間故事或怪談等往往是口耳相傳的故事，經歷時間越久，變化越大。它們的存在，全賴我們的念念不忘。如果您對某個故事同樣心心念念，歡迎聯絡我們，說出您的所見所聞。

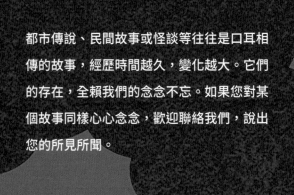

DESIGNED IN HONG KONG. PRINTED IN CHINA BY CP PRINTING (HEYUAN) LIMITED. IDEAPUBLICATION.COM BY IDEA PUBLICATION 2024.

ホンコン・お化け

香港鬼怪®
百物語

作者	豚肉窩貼
編輯	點子出版 Idea Publication
設計	Nicky Sun
	Tiffany Chan
製作	點子出版 Idea Publication
	www.ideapublication.com
出版	點子出版 Idea Publication
地址	荃灣海盛路 11 號 One MidTown 13 樓 20 室
查詢	info@idea-publication.com
發行	泛華發行代理有限公司
地址	將軍澳工業邨駿昌街 7 號 2 樓
查詢	gccd@singtaonewscorp.com
出版日期	2024 年 9 月 30 日（第二版）
國際書碼	978-988-70671-0-8
定價	$148
鳴謝	香港藝術中心（動漫基地）撰文及允許使用作品展文章
	香港電車
	香港（皇家）賽馬會前騎師歐陽紹文
	Bryan Wong , Illustrator
	（排名不分先後）